잘 가요 아버지

**황혜련**

　강원도 강릉에서 나고 자랐다. 숙명여대 대학원 국문학과를 나와 방송 일을 잠깐 했으나 조직 생활이 맞지 않아 그만두고 소설을 썼다. 2014년 《경상일보》 신춘문예에 단편 소설 「깊은 숨」이 당선되면서 작품 활동을 시작했다. 「우리 염소」가 천만 원 고료 진주가을문예에 당선되었으며, 장편 소설 「촌」으로 대한민국 디지털 작가상을 수상했고, 경기문화재단과 강원문화재단에서 창작 지원금을 수혜했다. 소설집 『불면 클리닉』과 장편 소설 『너에게 무슨 일이 있었니』, 『매우 불편한 관계』가 있다. 지금은 낙향하여 95세 노모를 모시고 살고 있다.

잘 아버지
가요

황혜련
장편소설

실천문학

○ **차례**

**1부 | 아버지의 집** 009

**2부 | 아버지의 여자** 079

**3부 | 잘 가요 아버지** 135

작가의 말 210

**1부**

아버지의 집

# 1

 아버지가 또 집에 가자고 졸랐다. 이젠 여기가 아버지 집이라고 아무리 얘기해도 소용없었다. 아버지는 때 이른 스프링코트와 전엔 늙어 보인다며 잘 쓰지도 않던 중절모까지 어디서 찾아 쓰고는 방문 앞에 버티고 서서 집에 가자고 졸라댔다. 이쯤 되면 말릴 방도가 없다. 나는 두툼한 패딩 조끼를 꺼내 입고 아버지를 앞세웠다. 아버지는 어느새 현관에서 신발을 신고 있다. 나와 아버지가 나서는 걸 주방에서 저녁밥을 짓던 엄마와 큰올케가 빤히 쳐다본다. 이젠 참견하기도 지겨운지 나와 보지도 않는다. 엄마의 끌끌 혀 차는 소리만 주방을 뚫고 간간히 새어 나왔다. 현관을 나서면서 아버지의 스프링코트가 너무 얇다는 생각을 잠깐 했으나 그러다 말았다. 정신 나간 아버지의 옷을 갈아입히려면 그것도 일이었다.

바람은 생각만큼 차지 않았다. 다행이었다. 이번 겨울은 오달지게도 춥더니 봄이 오긴 오려나 보다. 오히려 내가 입은 패딩 조끼가 무겁게 느껴졌다. 나는 아버지의 팔짱을 꼈다. 엊그제처럼 잠깐 한눈을 판 사이 다른 길로 가버리면 큰일이었다. 아버지는 그 집에 가는 게 좋은지 내내 밝은 표정이다. 나는 팔짱을 꼈던 팔을 슬며시 빼고 아버지가 가는 대로 내버려두었다. 아버지는 골목을 빠져나와 빵집을 지나고 수선집을 거쳐 시내로 가는 길로 접어들었다. 그 길은 아버지가 가고 싶어 하는 그 집으로 가는 길이 아니었다. 나는 아버지를 놀려먹는 게 재밌어 그대로 두었다. 한참을 가도 아버지가 찾는 집이 나오지 않자 아버지는 발걸음을 뚝 멈추고 나를 쳐다봤다. 나는 다시 팔짱을 끼고 아버지가 원하는 집 쪽으로 방향을 틀었다. 어차피 그 집으로 가지 않으면 이사한 새집으로 가도 또 집에 가자고 조를 판이었다.

저만치 전에 살던 초록 대문 집이 보이자 아버지가 내 팔을 빼고 빨리 걸었다. 그 집 앞까지 간 아버지는 대문을 밀어 보더니 열리지 않자 나를 빤히 쳐다보았다. 대문은 일부러 잠가놓았다. 며칠 전에는 짐도 없고 보일러도 꺼진 빈집에서 잔다고 우겨대는 바람에 온 식구가 다 몰려와서 모셔가는 소동이 있었다. 그 난리를 겪고 큰오빠는 집을 나서면서 대문을 잠갔다.

"봐요, 문이 잠겨서 들어갈 수 없잖아요."

나는 지나가는 사람도 다 들리게 일부러 큰 소리로 철문을 탕탕 치며 말했다. 아버지도 철 장식 사이로 손을 집어넣고 흔들었다. 도대체 열릴 기미가 보이지 않자 난감한 표정을 지었다.

"열쇠 안 가지고 오셨어요?"

아버지가 존댓말을 하는 걸 보니 내가 또 딸로 안 보이는 모양이다. 아버지는 가족으로 보일 때는 기를 쓰고 화를 내다가도 남으로 보일 때는 공손해졌다.

"아무래도 열쇠가 없어서 안 되겠어요. 내일 다시 와요."

나는 살살 구슬렸다. 무슨 핑계로든 이 집 앞을 벗어나기만 하면 또 어찌어찌 넘어갔다. 어제도 그랬다. 들어가야 한다고 우기는 걸 열쇠를 신발장 위에 두고 왔다고 하고선 아버지의 발걸음을 돌렸다. 지금도 아버지는 대문 앞에 딱 붙어 서서 완강히 버텼으나 열쇠가 없다는 데는 도리가 없다고 생각했는지 떨어지지 않는 발걸음을 떼었다. 나는 속으로 휴 한숨을 내쉬었다. 오전에 왔을 때처럼 빈집 앞에 꼼짝 않고 서서 얼른 가서 열쇠를 가져오라고 할 때는 정말 속수무책이었다. 오전 내내 그 실랑이를 벌이고 나자 온몸에 기운이 쭉 다 빠졌다. 순순히 따라나서는 걸 보니 지금은 좀 조용히 넘어가 줄 모양인가. 새로 이사한 집으로 돌아가면 오빠도 퇴근하고 조카도 돌아와 있을 테니 가족이 북적대면 아버지도 옛집으로 돌아가야 한다는 걸 잠시 잊을 지도 모른다. 그러다가 저녁을 먹고 너스레를 떨다가 난로를 피울 때 아버지에게도 장작을 넣어라 일거리를 주면 아이처럼 좋아라 나무를 가지고 놀다가 그러다 저러다 밤이 되면 수면제를 먹고 자면 된다. 수면제는 하다 하다가 내린 극약 처방이었다. 아버지는 밤낮도 구분하지 못하는지 새벽이 되도록 자지 않았다. 잠만 안자는 게 아니라 식구들을 괴롭혔다. 옆에 앉아서 아주 오래된 옛날 얘기를 끝도 없이 하기도 하고 한밤중에 느닷없이 집에 가자고 조르기도 했다. 그렇게 밤을 꼬박 샌 날은 치매 증상이 더 심했다. 그래서 의사의 처방을 받아 수면제를 반알씩 차에 타서 먹였다. 수면제 이후 우리는 밤의 노역에서 벗어났다.

 집에 오니 큰올케가 저녁상을 차려 놓고 아버지와 내가 오기만을 기다리고 있었다. 엄마와 큰오빠와 조카를 보더니 아버지도 옛집 생각을 잠깐 잊는 듯했다. 그러나 그건 말 그대로 잠깐이었다. 시래기국에 밥을 말아 한 그릇을 다 비운 아버지는 식당 아줌마에게 하듯 큰올케에게 잘 먹었다는 인사를 정중하게 하고는 또 집에 가자고 졸랐다.
 "이젠 여기가 우리 집인데 어딜 자꾸 가자고 그러세요. 나 참 이거 하루 이틀도 아니고."
 참다못한 큰오빠가 버럭 소리를 질렀다. 아버지가 놀라서 움찔했다.
 "왜 소린 지르고 그런다냐. 아버지 놀라시게."
 엄마가 큰오빠를 나무랐다. 아버지의 치매로 세일 골탕을 먹고 있는 사람은 엄마인데도 그래도 아직 아버지 역성을 들 정이 남았나 보다.
 "아버님, 우리 이사했잖아요. 보세요, 이 식탁이며 국자며 전에 아버님이 쓰시던 거 맞죠?"
 보다 못한 큰올케가 나서서 조곤조곤 알아듣게 애

아버지의 집

기했다. 그러나 그때뿐, 아버지는 얘기할 때는 다 알아듣는 척 하다가 얘기가 끝나면 또 딴 소리를 했다.

큰올케가 더 이상의 실랑이질이 의미 없다고 생각했는지 등을 보이며 설거지를 시작했다. 그 등짝으로 짜증과 한숨이 묻어났다.

그때 작은오빠가 퇴근하면서 들렀다. 가까이 사는 작은오빠는 이사한 후로 거의 매일 들리다시피 했다.

작은오빠를 보자 아버지는 작은오빠에게 가서 또 집에 가자고 졸라댔다. 식탁에 앉아 있던 사람들은 아버지 편이 아니라고 생각하는 듯했다. 아버지는 더 어두워지기 전에 얼른 집에 가야 한다며 작은오빠를 채근해댔다. 그러더니 다리까지 떨었다. 극도의 불안 증세까지 보이자 보다 못한 작은오빠가 아버지 모시고 한 바퀴 돌고 오겠다며 나섰다.

"에이 나쁜 놈들, 무슨 주차장은 만든다고 잘살고 있는 사람을 내쫓아. 이러다 아버지 돌아가시기라도 하면 자기네들이 책임질 거야? 우린 또 맨날 이게 뭐고."

작은오빠가 툴툴대는 데도 아버지는 어린아이마냥 좋아만 했다. 아버지는 나가다 말고 엄마보고는 왜 집에 안 가냐며 함께 가자고 했다. 엄마는 늘 붙어 있으니까 식구처럼 여겨지는 모양이었다. 아버지가 하자는 대로 했다가는 엄마 병수발까지 들게 생겼는지 큰오빠가 나더러 대신 다녀오라고 턱짓을 했다. 나도 엄마 못지않게 힘들고 귀찮아 식탁 의자에 앉아 뭉그적댔으나 나라도 가지 않으면 그예 엄마를 끌고 갈 듯 아버지가 고집을 피워 하는 수 없이 따라나섰다.

작은오빠가 자동차에 아버지와 나를 태우고 동네를 한 바퀴 돌았다. 새로 이사한 집은 전에 살던 집에서 걸어서 십 분도 채 되지 않아 자동차가 필요 없었다. 부모님과 큰오빠네가 살림을 합치기로 하면서 큰올케는 외곽의 아파트로 가고 싶어 했으나 동네라도 익숙한 데라야 아버지에게 충격이 덜하다며 큰오빠가 우겨서 아버지의 집에서 멀지 않은 곳에 집을 얻었다.

작은오빠가 전에 살았던 아버지의 집을 그냥 지나치자 아버지가 차를 세우라며 소리를 질렀다. 이젠 자식 얼굴도 못 알아보면서 대체 집에 대한 집착은 왜 그리도 강한지 도무지 알다가도 모를 일이었다. 결혼하면서부터 살기 시작해서 한 번의 이사도 없이 50년 넘게 줄곧 산 집이니 그럴 만도 하겠다 하면서도 이젠 모든 기능이 망가졌는데 왜 유독 집에 대한 기억만이 남아 가족을 이리도 괴롭히는지 정말 미치고 팔짝 뛸 노릇이었다. 작은오빠는 기억이 어느 한 곳에만 고정되어버려 어쩔 수 없다고 했지만 하필 왜 곧 없어져버릴 집에 꽂혀 아버지도 가족도 힘들게 하는지 야속할 따름이었다.

1년 전 재래시장을 살리자는 목소리가 커지면서 시장 근처에 주차장을 만들어야 한다는 얘기가 나왔다. 부지 확보를 위해 시장 가까이에 있는 집들이 표적이 되었다. 우리 집은 시장과 붙어 있었다. 시장 담을 끼고 모두 다섯 집이 나란히 붙어있었는데 그 집들을 헐어 주차장을 만든다는 거였다. 다섯 집 중 우리 집은 한 가운데 있었다. 제일 먼저 우리 왼쪽 옆집이 몇 푼 안 되는 돈을 받아 집을 비우고 나갔다. 노부모를 모시고 혼자 살던 옆집 남자는 얼마 전 부모님이 모두 돌아가시자 이참에 잘됐다며 부모 때부터 살던 집을 미련 없이 버리고 어디론가 떠나갔다. 옆집이 비자 바로 다음날 공사가 시작되었다. 오래된 건물이 먼지를 풀풀 날리며 잠깐 동안에 흔적도 없이 사라졌다. 다섯 집 중 한 집이 사라지자 이빨 하나가 빠진 것처럼 구멍이 뻥 뚫렸다. 얼마 못가 오른 쪽 옆집도 짐을 싸서 나갔다. 골목은 오목 요철처럼 들쑥날쑥해졌다.

관계자들은 하루가 멀다 하고 큰오빠를 만나러 와서는 설득에 설득을 거듭했다. 호주는 아버지였지만 치매였던지라 모든 일을 큰오빠가 나서서 했다. 그땐 큰오빠네와 아버지가 따로 살았다. 관계자들은 낮에는 큰오빠 직장으로 밤에는 집으로 시도 때도 없이 찾아가 집을 비워달라며 되지도 않는 논리를 펴다가 돌아갔다.

우리도 그 집이 뭐 썩 좋아서 눌러 있는 건 아니었다. 그 집에서 나고 자라 모든 추억이 배어 있긴 하지만 세월과 함께 집은 낡고 구식이 되어버려 그만 버리고 떠나도 크게 아쉬울 게 없었다. 문제는 아버지였다. 아버지가 정신만 온전하다면야 무슨 문제겠는가. 웬만큼 버티다가 한계에 달하면 떠날 것이다. 그러나 아버지는 절차를 밟을 수 없는 치매 환자였다. 아버지에게 새집은 남의 집이었고 새집살이는 어느 날 갑자기 남의 집에 내동댕이쳐진 꼴밖에 되지 않았다. 아버지는 내 집이라는 걸 갖고

부터 단 한 번도 이사를 하지 않았다. 아버지에게도 이사해야 할 이유는 많았다. 세상에 결점 없는 집이 어디 있겠는가. 그러나 아버지에게 집은 조금 불편하다거나 싫증 났다고 옮겨 다니는 당분간의 은신처가 아니었다. 아버지에게 집은 뿌리였다. 더구나 워낙 고령이라 낯선 환경이 주는 충격에 자칫 돌아가실 수도 있었다. 그 뒷감당은 고스란히 자식들 몫이었다.

우리가 그런 문제를 떠안고 고민하는 동안 양쪽 가장자리에 남은 나머지 두 집도 결국 집을 비우고 떠났다. 이제 우리 집만 덩그마니 남았다. 우리 집 때문에 두 손 놓고 일을 못하는 지경까지 왔다. 결국 큰오빠는 길 하나 건너에 집을 얻어 아버지를 모시고 나왔다.

작은오빠가 전에 살던 집이 보이는 멀찍이 차를 세웠다. 아버지는 차에서 내려 곧장 집을 향해 걸어갔다. 우리 집만 남은 공터는 휑했다. 집들이 꽉 차있을 때는 몰랐는데 다 밀어버리고 나니 이곳도 제법 넓었다. 우리 집 담벼락은 벽돌이 여기저기 깨지고 세월 탓인지 한쪽으로 조금 기울어 있었다. 우리는 그런 것도 모르고 살았다. 옆집들이 떨어져 나가고 우리 집만 남으니 그 실체가 또렷이 보였다. 낡고 지저분했다. 속살을 들킨 것처럼 부끄러웠다. 내 눈엔 그저 그런 추한 집일뿐인데 아버지는 저 집이 뭐라고 그렇게 들어가지 못해 안달을 부리는지.

아버지가 대문 안으로 들어가기 위해 몇 번 문을 흔들다가 안 열리자 자동차 안에 있는 우리를 빤히 쳐다보았다. 작은오빠가 차에서 내려 금방 피우기 시작한 담배를 발로 밟아 끄고는 아버지에게로 다가갔다. 웬일인지 아버지는 순순히 작은오빠를 따라왔다. 자동차에 올라 탄 아버지는 다시 약간의 불안 증세를 보였으나 열쇠를 가지고 다시 오자는 말만 거푸하며 더 이상의 고집은 부리지 않았다.

작은오빠가 새로 이사한 집 앞에 아버지와 나를 떨구어놓고 갔다. 아버지는 지쳐 보였다. 방으로 들어온 아버지는 인삼차 안에 녹아든 수면제를 먹고 이내 잠이 들었다.

# 2

 아버지의 자는 얼굴은 쓸쓸해보였다. 인생 말년에 치매가 온 것도 모자라 하지 않아도 될 집 걱정까지 하고 있는 아버지가 불쌍했다. 아버지는 이사 얘기가 나오면서 치매 증세가 부쩍 더 심해졌고 이사를 하면서 가족을 못 알아보기 시작했다. 정신 나간 아버지에게도 뭔가 불안의 기운은 감지되는가 보았다.

 아버지는 누구보다도 정신이 맑은 분이었다. 우리는 자라면서 아버지를 속이는 일은 꿈도 꾸지 못했다. 아버지 몰래 통신표에 도장을 훔쳐서 찍어가는 일은 상상도 못했으며, 물건 두는 장소가 너무 정확해 아버지가 무엇을 찾는 모습을 한 번도 본 적이 없다. 지나친 자기 단속이 오히려 치매를 부른 걸까? 나는 치매가 온다면 정작 엄마일 거라는 생각을 했었다. 엄마는 지갑 둔 곳을 몰라 외출 때마다 온 집을 들쑤셔대야 했다. 그러면 엄마의 지갑은 건넌방 책상 위에서 부뚜막에서 외투 주머니에서 심지어는 신발장 안에서까지 발견되었다. 그뿐이 아니었다. 가스렌지 위에서 태워 먹은 냄비가 수를 헤아릴 수 없으며 가스 중간 벨브 잠그는 일은 엄마의 일이 아닌 양 늘 일자로 서 있었다. 그 덕분에 아버지는 엄마를 따라다니며 지갑을 찾고 끓는 냄비의 불을 끄고 중간 벨브를 채워야 했다. 엄마는 팔순을 넘긴 지금도 여전히 지갑을 찾아 헤매지만 치매가 오진 않았다.

  나는 건넌방으로 가지 않고 아버지 옆에 누웠다. 엄마는 고단했는지 벌써 꿈나라다. 아버지도 어느새 입을 반쯤 벌리고 쌕쌕 숨소리를 냈다. 깊은 잠에 빠진 같아 안심이 되었다. 아버지는 꿈속에서도 나를 알아보지 못할까?

  아버지가 이상하다고 처음으로 느낀 건 7, 8년 전이었다. 그때 나는 서울에 있었다. 언니가 대학 다닐 때 살던 아파트에 함께 살았는데 언니가 아버지의 부름을 받고 강릉으로 내려가고 난 후에도 나는 계속 혼자 살고 있었다. 명분 없는 내 서울 생활을 방치할 리 없었던 아버지는 나도 언니처럼 당신이 원하는 곳에서 착실하게 적금을 부으며 살게 하려고 백방으로 애를 썼으나 쉽지 않았다. 아버지는 내가 당신이 원하는 구역 안으로 들어올 수 없다는 걸 알고 차츰 관심을 끄다가 나중엔 나이까지 먹자 아예 손을 놓았다. 나를 위해 더 이상 할 게 없어지자 아버지는 나를 서울 아파트의 집 지킴이로 썼다. 그리고 내가 바른 생활을 하는지 감시하기 위해 종종 서울 나들이를 했다.

그날도 아버지는 볼일도 보고 나도 볼 겸 서울에 왔다. 볼일은 우익단체를 방문하는 것이었다. 무슨 민족문화 어쩌구 하는 연맹인데 그곳에 모여 뭘 하는지는 잘 모르겠으나 분기별로 회합을 갖고 돌아갈 땐 기관지를 한 권씩 나누어 주었다. 기관지는 뭐 딱히 볼 것도 없었다. 현 정부에 대한 아부나 경제 성장에 대한 내용이 대부분이었다. 그 책은 두툼해 냄비 받침으로 쓰기에 그만이었다.

그날도 아버지는 기관지가 든 서류 봉투를 들고 나를 보고 가기 위해 아파트로 오고 있었다. 그런데 아무리 기다려도 아버지가 오지 않았다. 광화문에서 구파발까지는 한 시간이면 족했다. 내가 전화를 걸어보았을 때 아버지는 신림동에 가 있었다. 아버지도 왜 그곳에 왔는지 모른다고 했다. 그때만 해도 서울 지리 어두운 시골 노인네의 실수려니 했다. 물론 전에는 하지 않던 실수였다.

 몇 시간이나 지나 어렵게 집을 찾아온 아버지는 서울이 변해도 너무 변했다며 너스레를 떨었다. 내가 사는 동네도 너무 바뀌어서 아파트를 찾기 힘들었다며 법석을 떨었다. 아버지가 서울을 다녀간 건 고작 6개월도 되지 않았다. 내가 살고 있는 이 아파트 단지는 5년이 지나도록 나무 한 그루 옮겨 심지 않았다. 아버지는 집을 잘 못 찾은 게 서울이 변해서지 당신이 아둔해서가 아니라는 걸 알려주기 위해 진땀을 뺐다. 그때 벌써 아버지는 자꾸만 반복되는 자신의 실수를 보며 뭔가 느껴지는 두려움을 인정하지 않으려고 발버둥을 쳤던 것 같다.

 어렵게 집을 찾아온 아버지는 쉬지도 않고 곧장 저녁 장을 보러 마트에 가자고 했다. 아버지는 마트에 가는 걸 좋아했다. 가서 이것저것 구경하며 먹거리를 잔뜩 사서 내 냉장고를 채워주는 걸 낙으로 삼았다. 마트 앞에서는 이월된 신발을 싸게 팔고 있었다. 내가 초록색 스니커즈를 만지작거리자 아버지가 사라며 손수 안주머니에서 지갑을 꺼내 값을 치러주었다. 장을 보고 집으로 돌아와 새로 사 온 신발을 신어 보며 좋아하자 아버지가 물었다. 예쁘구나, 언제 샀니? 내가 펄쩍 뛰자 아버지는 아참, 그랬나? 내가 정신이 없구나, 하며 말끝을 흐렸다. 일은 거기서 끝나지 않았다. 저녁 밥상에서 아버지는 고추장 삼겹살을 먹으며 은수 니가 손맛이 좋구나, 고기 양념이 제법이야, 하며 접시에 남은 고추장까지 싹싹 훑었다. 고추장 삼겹살은 마트에서 장을 보다가 아버지가 맛있겠다면서 이만 원어치만 사자고 한 것이었다. 그제서야 나는 아버지의 몸에 이상한 기운이 들어서고 있다는 걸 감지했다. 온몸에 얼음조각이 굴러다니는 것처럼 오싹했다. 불과 10분 전의 일을 기억 못하는 아버지가 너무 낯설어 나는 아무 말도 할 수 없었다.

저녁 식탁에서 소주 한 병을 다 비운 아버지는 피곤한지 일찍 잠이 들었다. 입을 반쯤 벌리고 잠이든 아버지는 부쩍 늙어 보였다. 나는 핸드폰을 들고 밖으로 나왔다.

"엄마, 나야."

"그래, 아버지 잘 들어갔재?"

"어, 근데 아버지가 이상해."

"너도 느꼈구나."

"왜 말 안 했어?"

"뭐 좋은 일이라고. 차차 알게 될 걸 머."

"서울 가는 건 말렸어야지."

"아직 그 정도는 아이야. 그리고 니 아버지가 어디 남의 말 듣는 사람이나?"

"엄마도 참. 오늘 무슨 일이 있었는지 알기나 해? 하마터면 큰일 날 뻔 했다고."

"큰일은 무슨. 호들갑 떨지 말고 그만 자."

엄마는 의외로 덤덤했다. 나는 살면서 엄마가 큰소리를 내는 걸 한 번도 보지 못했다. 그게 사람을 더 환장하게 했다. 내막을 모르는 사람이 보면 조곤조곤 얘기하는 엄마만 조신하고 교양 있으며 그 앞에서 펄펄 뛰는 사람은 괴팍하고 다혈질인 게 된다. 엄마는 아버지가 다른 여자와 바람을 피우는 걸 알았을 때에도 그 사실을 믿지 않았다. 엄마는 세상의 모든 일을 자신의 잣대로 믿고 판단하는 아주 편리한 뇌의 구조를 갖고 있었다. 이런 엄마와 사는 아버지는 어떤 마음으로 살았을까. 매사 뜨거워야만 했던 아버지는 엄마의 미지근함을 어떻게 극복하며 살았을까. 나는 엄마를 보고 있으면 아버지의 외도가 이해가 되었다. 아버지의 외도는 엄마와 살아주는 대가이자 아버지가 살아가기 위한 방편이었다.

나는 엄마와 통화를 끝내고 언니에게도 전화를 걸었다.

"언니는 알고 있었나?"

"뭘?"

"아버지가 이상한 거."

"왜, 아버지가 어떠셨는데?"

몰랐을 리 없는 언니가 모르는 척 물었다. 언니는 아버지의 일거수일투족을 전해 들음으로써 아버지의 치매가 이젠 되돌릴 수 없는 일이라는 걸 인정하려는 듯했다.

"그랬구나."

언니는 내 얘기를 찬찬히 듣고 있다가 고추장 삼겹살 대목에서 울먹거렸다. 나는 이것이 보통 정서를 가진 사람의 대응이라고 생각했다. 아버지와의 정이 더 각별한 언니는 나보다 더 할 것이다.

전화를 끊고 집안으로 들어오니 아버지는 세상모르게 자고 있었다. 절대로 일어나서는 안 되는 일이 우리에게도 일어나고 있다는 불안감이 엄습했다. 이게 세상 사람들이 말하는 그 무서운 치매의 전조라면 어떻게 해야 할지 막막했다.

나는 불을 끄고 누웠다. 잠이 오지 않아 일어나 수면제를 먹었다.

하룻밤을 잘 자고 일어난 아버지는 새벽같이 가겠다고 나섰다. 괜찮다며 혼자 가도 된다는 아버지를 나는 그예 터미널까지 모셔다드렸다. 전날 신림동에서 헤맨 생각이 나서 그런지 아버지는 순순히 내 뒤를 따라왔다. 전에 같으면 혼자 가겠다는 아버지의 고집을 절대로 꺾을 수 없었다.

그게 마지막이었다. 아버지는 더 이상 혼자서 서울 나들이를 하지 못했다.

# 3

 아버지가 꿈을 꾸는지 소리를 질렀다. 엄마가 놀라서 깼다. 여보, 여보, 왜 그래요, 일어나 봐요. 엄마가 흔들어 깨우자 아버지가 눈을 떴다.

 "이 양반이 요즘 부쩍 이러네."

 엄마는 그 한마디를 던져 놓고 다시 잠이 들었다. 아버지를 모진 꿈속에서 꺼내어놓았으니 됐다 싶었던 모양이다. 이제부터 아버지는 또 내 차지다.

 고향집을 시장의 주차장 자리로 내주고 이사를 하면서 나는 잠시 부모님 곁으로 내려왔다. 새집에 적응하는 동안 치매인 아버지 곁에 있어 주기 위해서였다. 큰오빠네가 함께 살고는 있으나 스물네 시간 돌보기엔 역부족이었다. 지금도 지갑 둔 곳을 몰라 찾아 헤매는 엄마에게 아버지를 맡길 수도 없었다. 나는 양심껏 알아서 내려왔다. 서울에선 일주일에 1시간 반이 내가 하는 유급 노동의 전부였다. 후배의 소개로 1년 동안 한국에 파견 근무 나온 필리핀 근로자에게 한국어를 가르치는 일이었는데 일주일에 한 번 1시간 반 수업하고 3만 원을 받았다. 한 시간 시급이 9천원 남짓인 걸 생각했을 때 꽤 괜찮은 제안이었다. 그런데 수업 준비도 해야 하고 구파발에서 을지로까지 왕복 거리를 오가다 보니 하루가 꼬박 걸렸다. 일당으로는 너무 부당하다는 생각이 자꾸만 치밀고 올라왔다. 수업은 오픈된 카페에서 했는데 그 필리핀 남자는 커피를 한 잔만 사서 종이컵에 반을 나누어 주었다. 가뜩이나 일당 생각도 나는데 종이컵에 마지막 남은 한 방울의 커피를 혀로 핥을 때면 사는 게 너무 우울해져 금방이라도 박차고 나가고 싶어졌다. 그렇게 해서 번 돈이 한 달에 12만 원이었다. 그 돈이면 한 달 아파트 관리비는 되었다. 그래서 꾸역꾸역 그 일에 매달려 있었다. 그런데 그걸 하겠다고 아픈 아버지를 두고 서울에 있겠다는 말은 차마 할 수 없었다.

"아버지, 꿈꿨어요?"

자다가 일어나 앉은 아버지가 아기처럼 고개를 끄덕였다.

"무슨 꿈 꿨는데?"

아버지는 대답이 없다.

"누가 아버지를 막 때렸어?"

역시 대답이 없다. 아버지는 꿈이 뭔지도 모르는 것 같다.

"이제 괜찮으니까 다시 자요. 자, 누워요."

나는 아버지를 다시 자리에 눕혔다. 아버지는 내가 시키는 대로 얌전히 누웠다.

아버지는 치매가 오기 전에도 누군가 몽둥이를 들고 덤비는 악몽을 꾼다고 종종 얘기했었다. 아버지는 누군가에게 맞을 짓을 한 적이 없었다. 그렇다고 남에게 주먹을 휘두른 적도 없었다. 가끔 엄마와 싸울 때 아버지의 날카로운 말은 비수가 되어 엄마 가슴에 가서 꽂히기는 했지만 늘 말로 시작해서 말로 끝나는 싸움이었다. 아버지는 티브이를 보다가 정치적인 얘기가 나오면 그 옛날 서북청년단에 끌려가 죽을 만큼 매를 맞고 겨우 살아난 얘기를 무슨 무용담처럼 하긴 했지만 설마 그 일이 아직도 아버지를 괴롭힐 거라는 생각은 하지 않았다. 아버지는 좀 배웠다는 이유로 빨갱이로 오인 받아 서북청년단에 끌려가 모진 매타작을 당했다. 맞다가 실신한 아버지를 그들은 가마니에 싸서 청계천 변에 내다 버렸다. 시골에서 농사를 짓던 할아버지가 아들의 시체를 찾아가라는 연락을 받고 강원도 산골에서 서울까지 지게를 지고 걸어서 찾아가 보니 아직 아버지의 숨이 붙어 있었다. 할아버지는 아버지를 지게에 지고 다시 걸어서 집으로 돌아왔다. 매로 깊어진 상처에 개를 우린 물이 좋다는 얘기를 듣고 할아버지는 가차 없이 집에서 기르던 누렁이를 잡았다. 송아지만큼 큰 똥개를 손수 때려눕히고 가죽을 벗긴 할아버지는 가마솥에 개를 넣고 삶아 다른 식구는 손도 대지 못하게 하고 그 개 한 마리를 온전히 아버지에게만 먹였다. 그 정성이 하늘에 닿았는지 아버지는 석 달 만에 움직일 수 있을 만큼 회복되었다. 자칫하면 이 세상 사람이 아니었을 이 뼈아픈 얘기를 아버지는 치매가 깊어지자 더 자주 했다. 치매가 오면 기억이 과거로 회귀 된다고 하더니 아버지는 3분 전의 일은 하나도 기억 못하면서 고릿적 얘기는 끝도 없이 쏟아냈다. 아버지는 조금 전 꿈속에서도 그 끔찍했던 저승 문턱엘 다녀온 게 아닐까?

아버지의 정치적인 성향은 우익이었다. 그걸 좀 더 일찍 깨달았더라면 서북청년단에 끌려가 그렇듯 어이없는 고초는 당하지 않았을 것을. 아니다. 그때는 좌파가 아니라고 해도 자기들 멋대로 좌파로 규정하고 처단했다. 아버지는 정치에는 뜻이 없었지만 정치적인 색깔은 뚜렷했다. 아버지는 뼛속까지 우파였다. 그런 성향이 자식들에게까지 영향을 안 미쳤다고 할 수 없다. 나는 어릴 때 여당은 좋은 놈이고 야당은 나쁜 놈인 줄 알았다. 여당은 우리 편이고 야당은 북한 편인 줄 알았다. 이 얼마나 우매한 이분법식 편 가르기인가. 아버지는 국회의원 선거 벽보가 나붙으면 기호 1번 외에는 보지 않았다. 아버지는 무조건 1번을 찍었고 또 거의 예외 없이 1번이 당선되었다. 그래서 아버지가 옳은 줄 알았다.

내가 중학교 때였다. 봄에서 여름으로 넘어가는 시기였을 것이다. 하루는 아버지가 서울을 다녀오겠다며 아침 일찍 집을 나섰다. 그리고는 밤늦게 돌아왔는데 아버지 옆에는 언니가 큰 가방을 들고 같이 서 있었다. 대학생이 되어 한창 캠퍼스의 봄을 만끽하며 예쁜 옷 입고 미팅이나 하고 있어야 할 언니가 학교는 안 다니고 집에 내려온 것이다. 그때가 민주화 바람으로 데모가 극성이던 80년대였다. 당시 중학생이었던 나는 아무 것도 몰랐다. 민주화가 뭔지 왜 데모를 하는지, 아무도 내게 그런 얘기를 해주지 않았다. 아버지 손에 끌려 내려온 언니는 하루 종일 집에서 빈둥대며 책만 봤다. 나는 대학생이 되더니 학교도 안가고 집에서 놀기만 하는 언니가 부러워 나도 빨리 대학생이 되어야겠다는 생각만 했다. 아버지는 언니를 데려다 놓고 틈만 나면 집으로 전화해서 언니가 잘 있는지 확인했다. 그 이유를 나는 어른이 되고 나서야 알았다. 아버지는 언니가 데모에 휩쓸릴까 봐 아예 집에 끌어다가 앉혀놓은 것이다. 휴교령이 떨어졌는데도 언니가 집에 내려오지 않자 아버지가 직접 올라가서 언니를 끌고 내려왔다. 고속버스를 타고 오는 동안 내내 아버지는 데모를 할 위인도 못 되는 언니에게 데모를 해서는 안 되는 이유를 입이 닳도록 설명했다. 아버지에게 데모는 빨갱이들이나 하는 반사회적 반민주적 행위였던 것이다.

아버지 머리맡에 놓인 온갖 상패와 감사패가 미등 아래 다용도 함 위에서 먼지를 타고 있다. 아버지 이름 석자가 박힌 저 패들은 차마 버릴 수가 없어서 큰오빠가 이사할 때 가지고 왔다. 이젠 빛을 잃은 채 기억에서조차 멀어졌지만 그래도 저 패들이 있어 아버지의 지난날 영화로웠던 과거를 입증해주었다. 그 중엔 무슨 우익단체에서 받은 감사패도 있었다. 작은오빠는 우리끼리 있을 때면 그 패가 여당의 개노릇을 하고 받은 거라며 빈정댔지만 작은오빠도 어쩔 수 없이 아버지가 베푸는 특혜에서 벗어나지 못했다. 지금 작은오빠가 밥이라도 먹고 사는 건 다 아버지 덕분이다.

작은오빠도 아버지 권고에 따라 사범대학엘 갔다. 작은오빠가 하고 싶은 건 교사가 아니라 미술이었으나 본인의 희망 따윈 아버지에게 먹히지 않았다. 잠시 꿈을 접고 사대에 순응해 갈 무렵, 임용고시가 생기는 바람에 공부에 취미가 없었던 작은오빠에게 교사로의 길이 막혀버렸다. 그러나 우리에겐 아버지가 있었다. 아버지는 안면이 있는 학교장을 구슬려 작은오빠를 사립학교에 밀어 넣었다. 그런데 천인공노 할 일이 벌어졌다. 작은오빠가 전교조에 가담한 것이다. 사학의 비리를 캐던 작은오빠는 결국 학교에서 쫓겨났다. 그 덕분에 아버지는 학교장으로부터 은혜를 원수로 갚는다는 오명을 옴팡지게 썼다. 작은오빠가 전교조였다는 꼬리표가 붙으면서 작은오빠는 그 어느 학교도 다시 가지 못했다. 아버지도 당분간은 권력을 행사할 수 없었다. 그러나 여기서 그만둘 아버지가 아니었다. 작은오빠의 만행이 서서히 퇴색되어 갈 무렵, 아버지는 만일 작은오빠가 또다시 전교조에 가담한다면 그 책임은 모두 아버지가 지겠다는 대단한 각서를 쓰고 작은오빠를 또 다른 사립학교에 밀어 넣었다. 물론 그런 각서를 쓰기까지 뒤에서 작은오빠를 얼마나 잡았을지는 불 보듯 뻔하다. 작은오빠는 다시 들어간 학교에서는 별다른 사고를 치지 않았다. 아버지와의 약속도 있었겠지만 그때는 이미 작은오빠에게 여우 같은 마누라와 토끼 같은 새끼가 작은오빠만 바라보고 있었다.

주무시던 아버지가 소변이 마려운지 일어났다. 아버지는 휘청거리면서 미등 속을 벽을 짚으며 화장실을 찾아갔다. 그래도 아직 대소변은 잘 가리니 다행이었다. 화장실을 다녀온 아버지는 이내 다시 잠이 들었다.

# 4

 잘 자고 일어난 아버지는 또 집에 가자고 졸랐다. 한 번 조르기 시작하면 다녀오기 전까지는 달리 방도가 없다. 머리를 감아야 한다고, 아침을 먹어야 한다고, 방청소를 해야 한다고 미루다가 더 이상 구실이 없어진 나는 하는 수 없이 아버지와 집을 나섰다. 아버지는 이제 방향 감각도 완전히 잃어버렸다. 50년을 넘게 살았던 동네인데 십분 거리에 있는 집을 찾아가지 못했다. 내가 방향을 틀지 않으면 아버지는 계속 한 방향으로만 갔다.
 "아버지, 어디 가세요?"
 "어딜 가긴, 집에 가지."
 "우리 집은 저쪽인데요."
 그제야 아버지는 내가 손짓하는 방향으로 걸어갔다. 나는 아버지의 뒤를 얌전하게 따라갔다. 조금

걸으니 금방 우리 집이 다시 나왔다. 이 집은 아버지의 옛집이 아니라 새로 이사한 집이었다. 나는 아버지에게 이젠 이 집이 우리 집이라는 인식을 자꾸만 심어줘야 한다는 어리석은 기대를 했다. 아버지는 그 집을 그냥 지나쳤다.

"아버지, 어디 가세요?"

"어딜 가다니, 집에 가야지."

"여기가 우리 집이잖아요."

아버지가 멀찍이 떨어져서 내 앞에 있는 집을 쳐다보았다. 새로 이사 한 이층집은 아버지의 집과는 비교도 안 되게 크고 좋았다. 그러나 그 집을 바라보는 아버지의 눈빛엔 아무런 감정도 실려 있지 않았다. 들어가자고 끌어도 아버지는 한 발짝도 떼지 않았다.

나는 다시 아버지와 걸었다.

"집에 가니까 좋아요?"

"으응."

"뭐가 좋은데요?"

"우리 집이니까."

"난 좁아터지고 낡고 구식이고 겨울엔 추워서 싫던데."

아버지는 그냥 걷기만 했다. 아버지는 말이 길어

아버지의 집    37

지면 대답하지 못했다. 더구나 아버지의 집이 좁아 터지고 낡고 구식이고 추워서 싫다니. 아버지에게 집은 그냥 집이지 싫고 좋은 게 아니었다.

저만치 집이 보였다. 아버지의 발걸음이 빨라졌다. 나는 천천히 따라갔다. 대문 앞에 있던 아버지의 모습이 금방 안으로 사라졌다. 어? 대문이 안 잠겨있었나? 달려와 보니 대문이 활짝 열려 있었다. 오늘 공사가 있을 예정인가 보았다. 대문 옆의 석류나무는 벌써 뿌리째 뽑혀 한쪽으로 누워 있었다. 나는 아버지가 걱정되었다. 얼른 현관문을 열고 들어갔다. 아버지는 사색이 되어 벌벌 떨고 있었다.

"도, 도둑이야!"

집안의 광경은 처참했다. 살림살이들이 이리저리 나뒹굴고 여기저기 유리 파편들이 어지러이 널려 있었다. 공사 전에 관계자들이 다녀간 모양이었다. 문이 열려 있자 이웃들이 와서 필요한 물건들을 가져가느라 집은 더 난장판이었다. 그 사람들이 집을 헤집어놓기 전까지는 그런대로 괜찮았다. 오빠네와 살림을 합치면서 묵은 살림들은 두고 필요한 것만 옮겨갔기 때문에 크게 표가 나지 않았다. 웬만한 건 아까워서 다 가져갔는데도 50년간 쌓이고 쌓인 살림살이에는 비할 바가 못 되었다. 짐을 빼고도 세간이 많았다. 군데군데 횅한 구석이 눈에 띄긴 했지만 아버지는 그곳에 무엇이 있었는지 알지 못했다. 아버지는 이사를 하고도 여기가 당신 집이라며 한참을 머물다 돌아갔다. 그런데 이 지경이 된 것이다. 아버지는 도둑이 들었다고 생각했다. 도둑이 와서 집을 이 꼴로 만들어놓았다고 생각했다. 아버지는 금방이라도 뒤로 넘어갈 듯 도둑이 들었다고 소리를 질렀다. 경찰에 신고해야 한다며 펄펄 뛰었다. 나는 눈앞이 캄캄했다. 이 집에서 아버지를 어떻게 데리고 나갈 것인가.

아버지는 이 집을 도둑으로부터 지키기 위해 무던히도 애를 많이 썼다. 마당엔 늘 개를 키웠고 며칠씩 집을 비워야 하는 가족여행은 꿈도 꾸지 못했다. 외식이라도 할라치면 온 집안에 불을 다 켜놓고서야 나갔고 1박 2일 가족 여행도 한 사람은 집에 남아 있어야 따라나섰다. 그런 아버지의 집에 감히 허락도 없이 침입자가 생긴 것이다.

아버지 방은 더 가관이었다. 아버지가 아끼던 책들엔 신발 자국들이 찍혀있고 텅 빈 장롱은 문짝이 열린 채 덜거덕거렸다. 아버지의 눈에서 불꽃이 일었다. 아버지에게 이 방이 어떤 방인가. 나는 자라면서 아버지 방에는 잘 들어와 보지도 못했다. 아버지 방은 가족들에게 성역이었다. 아버지는 책을 무진장 아꼈고 수십 개에 달하는 통장을 아버지만이 아는 책장 책갈피에 넣어 보관했다. 통장만으로는 아무것도 할 수 없는 세상이 된 후에도 아버지의 통장 보관법은 바뀌지 않았다. 장롱 왼쪽 맨 아래 서랍은 늘 굳게 잠겨있었는데 그 속을 한 번도 들여다본 적은 없었지만 아마도 그곳엔 집문서나 금붙이 같은 게 보관되어 있을 거란 생각을 막연히 했다. 가족들에게조차 금기시할 때는 원망스러울 때도 있었으나 그것이 결국은 가족을 지키기 위한 아버지만의 방식이었다는 걸 나는 안다.

사정이 그렇다 보니 우리는 아버지 방의 물건을 어떻게 옮겨야 하는가가 제일 큰 숙제였다. 아버지 방을 누군가 손 댄 걸 알았을 때 벌어질 아버지의 충격이 걱정이었다. 그런데 아버지는 방을 치우고 나서도 그 변화를 알아채지 못했다. 말끔히 비워진 서랍을 보고도 무표정이었다. 한편으론 다행이었으나 그것은 아버지의 병이 그만큼 많이 깊어졌다는 걸 말해주는 거라서 더 씁쓸했다.

# 5

 아버지 방 이삿짐은 언니와 내가 쌌다. 아버지의 방은 비밀이 많았기 때문에 아주 조심스럽게 접근해야 했다. 언니와 나는 무슨 특수 임무를 띠고 파견된 특파원처럼 목장갑을 끼고 신중하면서도 신속하게 움직였다.

 먼저 아버지의 책장부터 훑었다. 대학교수였던 아버지의 책장은 책으로 흘러넘쳤다. 그러나 이젠 다 소용없었다. 나는 세계 기행 집이나 식물도감 같은 컬러판 전집 몇 개만 추려내고 모두 그대로 두었다. 이 책들은 집을 허무는 공사 때 다 쓸려나갈 것이다. 대신 책갈피는 모두 훑었다. 아버지는 책갈피에 많은 비밀을 숨겨두었기 때문에 책 한 권 한 권을 모두 들춰 보아야 했다. 아니나 다를까 여기저기서 통장들이 쏟아져 나왔다. 현찰도 군데군데 박혀 있었다. 과학책에서는 만 원짜리 삼십 장이 나왔고 어떤 인문학 책에서는 천 원짜리 몇 장도 나왔다. 지금은 쓰지 않는 오백 원짜리 지폐도 나왔다. 이 많은 걸 아버지는 기억이나 하고 살았을까. 나는 잠깐 재미있는 해석도 해보았다. 아버지의 보관법에는 나름 규칙이 있지 않았을까 하는. 물리학자이던 아버지에게 과학책은 밥줄과 같았고 평소 인문학은 걸레라고 부르짖던 아버지에게 인문학 책은 휴지 조각에 불과했다. 그 가치와 비중에 따라 액수가 달라지지 않았을까. 물론 어림짐작이다. 그러나 규칙이 있었다 해도 이 많은 걸 기억하기란 불가능해 보였다. 언니와 나는 보물찾기를 하는 기분이었다. 책갈피에서 돈이 나올 때마다 언니와 나는 횡재나 한 듯 소리를 질렀다. 그런데 지폐를 한쪽에 차곡차곡 잘 개켜놓던 언니가 어떤 문서 한 장을 발견하고는 시선을 뗄 줄 몰랐다. 나는 궁금해서 다가갔다. 오래된 손 편지였다. 편지는 교수님 저 영랑이에요, 로 시작되고 있었다. 은은한 하늘빛 바탕에 여러 개의 풍선 무늬가 프린트된 편지지에는 구구절절 애끓는 사연으로 가득했다. 30년도 더 된 아버지의 연애편지였다. 내용을 보니 이 편지는 이미 수없이 많이 주고받은 편지 중 하나였다. 나는 다른 편지들도 찾았으나 편지는 더 이상 나오지 않았다. 불화의 싹이 될 증거물들을 제거했으나 하나 정도는 남겨놓고 싶었던 아버지의 마음이 이해되었다. 내가 그 오래된 편지를 들고 흥미로워하자 언니가 버리라며 단호히 잘라 말했다. 언니는 그 편지가 불쾌한 모양이었다. 언니에게 아버지는 자신의 학문 세계와 가장에 대한 책무만으로 똘똘 뭉쳐있는 사람이었다. 나는 언니 말대로 그 편지를 미련 없이 책 더미 속으로 던져버렸다. 이젠 아버지 기억에조차 없는, 기억할 수도 없는 아무런 의미 없는 휴지 조각에 불과한 거였다. 그런데 그게 전부가 아니었다. 책장 서랍에선 여자와 단둘이 찍은 사진도 여러 장 나왔다. 그 여자가 영랑인지는 알 수 없었다. 날이 선 바지에 베레모를 쓴 아버지는 제법 멋있었다. 아버지는 미남이라는 말을 종종 들었다. 사람들은 신성일을 닮았다고도 했고 최무룡을 닮았다고도 했다. 신성일과 최무룡의 조합은 왠지 안 맞을 것 같으나 사람들은 그 특징을 정확히 짚어냈다. 아버지는 콧대를 비롯해 얼굴 윤곽이 신성일을 닮았다. 그런데 얼굴의 핵심인 눈이 최무룡을 닮아 언뜻 보면 신성일을 닮았고 또 언뜻 보면 최무룡을 닮았다. 아버지는 한국의 그 기라성 같은 두 배우를 닮은 탓에 주변엔 늘 여 제자가 많았다. 사진 속의 여자는 아버지와 밀착된 포즈로 제법 연인다운 티를 냈다. 아버지는 한국의 온갖 고궁 앞에서 활짝 웃는 모습으로 그 여자의 허리를 감싸 쥔 채 사진을 찍었다. 아버지에게도 이런 면이 있었구나. 아버지는 제법 플레이보이 같았다. 집에서는 늘 가부장적이어서 아버지는 그런 걸 할 줄 모르는 사람인 줄 알았다. 그런데 아버지에게도 이런 지독한 로맨스가 있었던 것이다. 막연히 상상하던 것과 증거물들을 접하는 건 또 다른 기분이었다. 문득 배신감 같은 게 들며 내가 아버지에 대해 알고 있었던 건 지극히 제한적이었다는 생각이 들었다. 아버지에 대한 믿음이 나보다 두 배는 더 컸던 언니는 사진을 들고 가늘게 떨고 있었다. 엄마가 보지 않은 게 다행이었다.

언니와 나는 다시 속도를 냈다. 그러나 가지고 나갈 건 별로 없었다. 8할이 책인 아버지 방에서 책을 버리고 나니 짐은 채 사과 박스 두 개가 되지 않았다. 한 상자는 책으로, 또 한 상자는 아버지의 소지품과 각종 문서와 금붙이들로 채웠다. 정작 필요한 건 이렇게 단출한데 너무 많은 걸 안고 살았다는 생각이 들었다. 연애사도 결국은 쓰레기더미 속에 묻히고 마는 것을 서로 할퀴고 악을 쓰며 싸웠다.

다 버리고 나오니 홀가분했다. 아버지 인생을 언니와 내 멋대로 재단해버린 죄스러움은 있었지만 어쩔 수 없었다. 아버지도 애지중지 공들여왔던 자신의 인생이 이렇듯 남의 손에 의해 한 방에 쓸려나가게 되리라곤 상상도 못했을 것이다. 자신의 손으로 방을 거두며 고궁 속 여자와도 재회하며 평생을 지켜준 책들과도 고마웠다, 수고했다, 아름다운 작별을 하고 싶었을 것이다. 그런데 치매가 아버지의 모든 것을 앗아갔다. 삶은 잔인하다. 가혹하다. 그러나 치매도 아버지의 인생이다. 기억을 못한다 하여 그동안 살아온 8, 90년의 역사가 사라지는 건 아니었다. 아버지는 그 자체로 아버지이며 우리는 그런 아버지를 여전히 사랑한다.

많은 비밀을 인고 있던 아버지의 방은 그렇게 한나절 사이에 언니와 내 손에 의해 해체되었다.

# 6

 골목에서 시끄러운 소리가 났다. 집을 허물기 위해 인부들이 온 모양이다. 하필 아버지가 와 있는 이때 들이닥치다니 큰일도 보통 큰일이 아니었다. 아버지는 이삿짐을 빼서 아수라장이 된 집을 보고 도둑이 들었다며 사색이 되었다. 이런 판국이니 인부들이 포클레인을 몰고 들이닥치는 장면만은 피해야 한다. 나는 난장판이 된 집 안에서 벌벌 떨고 있는 아버지를 두고 밖으로 나왔다. 인부들에게 사정을 얘기했지만 잘 먹히지 않았다. 나는 잠깐이면 되니 그동안 목이나 축이고 오라며 지갑의 돈을 털어 시장 골목 막걸리 집으로 밀어 넣었다.
 내 전화를 받은 큰오빠와 올케들이 왔다. 작은오빠와 언니는 일이 있어서 오지 못했다.
 "도둑이 들었어요. 경찰을 불러 줘요 경찰을."

아버지가 큰오빠에게 애원했다.

큰오빠는 우선 아버지를 안심시키는데 온 힘을 기울였다. 도둑이 든 게 아니라 이사하느라 어질러진 거라고, 뭘 좀 찾느라 헝클어진 거라고, 절대로 도둑은 아니며 아버지의 아들인 큰오빠가 이렇게 한 거라고 거듭거듭 말했다.

그 순간 예상치 못한 일이 벌어졌다. 큰오빠의 얼굴로 일격이 가해진 것이다. 아버지의 주먹이 오빠의 뺨을 강타하면서 오빠의 도수 높은 안경이 바닥으로 튕겨져 나갔다. 그 일은 너무도 갑작스럽게 벌어져 방어할 틈이 없었다.

"아버님!"

큰올케가 놀라 소리쳤다. 놀란 건 큰올케만이 아니었다. 그 자리에 있던 우리 모두 놀랐다.

주먹을 날린 아버지는 더 흥분해서 날뛰었다. 댁이 뭔데 감히 내 집을 이 지경으로 망가뜨려 놓았냐며 빨리 원래대로 해놓으라고 소리소리 질렀다. 그러더니 이번엔 오빠에게 발길질까지 하려 했다. 올케들과 내가 달려들어 필사적으로 말렸다. 구순이 다 된 노인네가 힘이 어디서 나오는지 우리 모두가 달려들어 말렸는데도 제압하기가 힘들었다. 오빠도 참기 힘든지 낯빛이 험악하게 변했다. 오빠도 낼모레면 환갑이다. 누구에게 주먹질을 당할 나이는 아니다. 물론 참아야 하는 상황인 건 안다. 그러나 오빠도 그 순간엔 자제력을 잃는 것처럼 보였다. 나는 얼른 바닥에 떨어진 안경을 주워 오빠에게 건네주었다. 오빠는 안경이 없으면 모든 시야가 뿌연 안개 속이다. 오빠의 안경은 튕겨져 나가면서 탁자 모서리에 맞아 한쪽 알이 빠진 상태였다. 빠진 안경알은 심하게 금이 가 다시 끼워 쓰기는 어려워 보였다. 오빠가 안경을 바닥에 탁 패대기치더니 악 하고 소리를 내질렀다. 그리고는 책이며 문짝이며 손에 잡히는 대로 벽면을 향해 집어던졌다. 아버지가 움찔하며 한발 물러섰다.

큰오빠는 장남이라는 이유로 작은오빠와 언니와 나보다는 몇 배 힘들게 자랐다. 단지 맏이라는 이유로 큰오빠는 아버지에게 많이 맞았다. 아버지의 주목을 한 몸에 받아야 했던 큰오빠는 늘 상위 5프로 내의 성적을 유지해야만 했다. 거기서 조금만 떨어져도 아버지는 가차 없이 매를 들었다. 행복이 성적순이 아니라는 건 어린 나도 알겠는데 어른인 아버지가 왜 그렇게 성적에 집착하는지 나는 참 그게 불만이었다. 작은오빠를 때렸다면 수긍했을 것이다. 작은오빠는 독서실을 핑계대고 성당에 가서 놀았다. 공부하기도 바쁜 고3에 아버지 몰래 기타를 배웠으며 몰래 미술 학원을 다니다가 들키기도 했다. 그런데 작은오빠는 큰오빠만큼 혹독하게 다루지 않았다. 만일 작은오빠가 했던 악행을 큰오빠가 저질렀다면 아마 큰오빠는 어디 한 군데가 부러지거나 병신이 되었을 것이다. 작은오빠는 매도 애정이 있어야 드는 거라며 아버지에게 덜 맞는 걸 사뭇 섭섭한 것처럼 말했지만, 다시 태어난다면 아버지의 장남으로는 절대로 태어나고 싶지 않다는 큰오빠의 말이 더 뼈아프게 다가왔던 걸로 봐서는 사랑이나 관심이 더 좋은 것만은 아니지 싶다.

"경찰을 불러 줘요 경찰을."

아버지는 계속 경찰을 불러달라며 떼를 썼다. 큰오빠는 이미 자기편이 아니라고 생각했는지 나와 올케들에게 번갈아 가며 매달렸다. 이젠 도둑이 든 게 아니라 큰오빠가 집을 어질러놓았다는 말도 못 하게 생겼다. 눈치 빠른 작은올케가 아버지와 함께 경찰을 부르러 가자며 아버지를 구슬렸다. 경찰이 오기 전까지는 한 발자국도 안 움직이겠다는 아버지가 온 식구가 매달려 사정하자 무슨 맘이 들었는지 따라 나왔다. 일단 큰불은 껐다.

올케들이 아버지를 모시고 돌아가자 인부들이 다시 중장비를 몰고 우리 집으로 왔다. 그들은 담벼락부터 무너뜨리면서 집 안으로 진입해 들어왔다. 포클레인이 현관문 옆 한쪽 벽면을 툭 건드리자 집 한쪽이 와르르 무너졌다. 그 옆을 건드리자 또 폭삭 주저앉았다. 이곳에서 50년의 세월을 버텨왔는데 무너지는 건 정말 한순간이었다. 아버지를 빨리 피신시킨 건 정말 잘한 일이었다. 내 마음이 이런데 아버지는 어떨까? 이 집 안에 있는 것이면 풀 한 포기 돌멩이 한 개 정말 어느 것 하나 사연이 없는 게 없었다. 대추나무는 대추나무대로, 감나무는 감나무대로 그 각각에 얽힌 얘기를 풀어놓자면 하룻밤으로 모자랐다.

아버지는 이 집에서 50년을 살았다. 3대를 대물림한 집도 있는데 50년이 대수냐고 하면 할 말이 없다. 그런데 요즘 집이란 게 어디 그런가. 내가 사는 서울의 아파트만 해도 그곳에서 10년을 사는 동안 앞집이 네 번이나 바뀌었다.

아버지는 새벽에 일어나 동네 산책을 하고 마당을 쓸었다. 기분이 내키면 골목까지 내처 쓸었다. 마당을 쓸고 나서는 무화과나무에 물을 주고 화단을 고르게 손질했다. 거의 하루도 빠지지 않고 해 온 일이다. 아버지가 결혼하고 나서 심은 석류나무는 세월을 거듭하면서 더 풍성한 열매를 맺어 가끔 우리 집을 지나가던 사람이 약에 쓴다고 달라고 하면 아낌없이 따주며 선의를 베풀게 해주던 효자 품목이다. 석류나무와 함께 대추나무와 모과나무도 같이 늙어갔다. 그렇게 마당을 손질하며 아버지는 꿈에도 이 집을 떠날 생각을 하지 않았다. 흙을 고르며 아버지는 유골까지 이 집에 묻고 싶었을 것이다.

엄마도 마찬가지다. 시장과 성당이 가까워서 엄마는 평생 이 집을 사랑했다. 집이 주는 이로움 중에 오가는 거리가 가깝다는 것만큼 좋은 게 있을까. 그게 엄마의 게으름을 더 부채질한 꼴은 됐지만 기까워서 나쁠 게 뭔가. 엄마는 나물을 무치다가도 참기름이 떨어졌으면 그 길로 시장으로 달려가 사 가지고 왔다. 쌀이 떨어져도 대파가 없어도 5분이면 해결되었다. 그래서 우리 집은 묵은 식재료가 없었으며 냉장고는 늘 텅텅 비어 있었다. 일주일에 일곱

번을 가야 하는 성당도 바로 코앞에 있어 엄마에게 이 집은 더 최적이었다. 부모의 의지가 이토록 결연하니 자식들도 따라서 이사 같은 건 생각하지 않고 자랐다.

나도 이 집이 싫지는 않았다. 집에 대한 불만이라면 단지 늘어놓기 좋아하는 엄마 때문에 집이 깨끗할 날이 없다는 것이었지 그 집 자체가 싫은 건 아니었다. 엄마의 너저분함은 그 어떤 집을 가더라도 마찬가지일 것이어서 굳이 깨끗함을 쫓아 이사할 필요는 없었다. 우리가 자랄 때 집이란 그저 부모가 만들어놓은 환경대로 좇아가는 것이어서 사실 싫고 좋음도 없었다.

시장이 가까운 건 나도 좋았다. 이제 와 생각하니 시장 때문에 내 유년기의 추억은 더 풍성해졌다. 물론 안 좋은 것도 있었다. 엄마는 음식을 준비하다가 재료가 떨어지면 무조건 나를 시켰다. 숙제를 하다가도 재미있는 만화책을 보다가도 엄마가 은수야 얼른 가서 두부 한 모만 사 와, 얼른 가서 콩나물 좀 사 와, 하면 만사를 제쳐놓고 갔다 와야 했다. 시장이 멀리 있었더라면 할 수 없었던 일이다. 그러나 추억이 더 많다. 나는 시장에서 파는 국화빵으로 어린 시절 허기를 달랬다. 아무리 교수님 집이라도 배는 고팠다. 시절이 그랬다. 담을 돌아 시장에 가면 식료품 가게 옆에 국화빵을 구워서 파는 할머니가 있었는데 10원에 열 개였다. 할머니가 기분이 좋거나 내가 더 귀여워 보이는 날엔 한 개를 더 얹어 열한 개를 주었다. 그 밀가루빵 열 개면 허기를 달래고도 남았다. 할머니는 비가 오나 눈이 오나 정말 하루도 안 빠지고 그곳에 나와 앉아 국화빵을 구워 팔았다. 그러던 어느 날부턴가 할머니가 보이지 않았는데 돌아가셨다고도 하고 행정고시에 붙은 아들이 모셔갔다는 얘기도 있었으나 정확한 사연은 모른 채 할머니의 국화빵은 그렇게 내 추억 속에 묻혀버렸다.

국화빵 옆의 식료품 가게도 재미있는 일화를 남겼다. 우리 집 담을 끼고 돌면 제일 먼저 맞닥뜨리는 게 그 식료품 가게였는데 마트가 없던 시절 그 가게는 그야말로 만물상이었다. 한쪽 벽면엔 간장이니 설탕이니 미원이니 하는 식재료에 들어갈 양념들이 진열되어 있었고 또 다른 벽면엔 라면이나 당면 같은 가공식품이 있었으며 사람이 드나드는 입구엔 그날그날 먹어야 하는 두부나 콩나물, 나물 같은 것을 놓고 팔았는데 엄마가 사 오라는 대부분의 식품은 그 집에 다 있어서 나는 정말 그 가게를 마르고 닳도록 드나들었다. 물건이 많은 것도 이유였지만 그 아주머니가 눈이 크고 상냥해서 그 가게를 가는 게 싫지가 않았다. 그런데 그 가게의 여자도 국화빵 할머니처럼 어느 날 갑자기 사라졌다. 생선 가게 남자와 눈이 맞아 야반도주를 했다는데 생선 가게도 동시에 문을 닫은 걸로 미루어 그 소문은 제법 신빙성 있게 다가왔다.

그 식료품 가게 건너 건너엔 국수 가게가 있었다. 시장 안의 어느 점포가 예외가 있겠냐만 그 국수 가게 역시 우리 식구 단골이었다. 쌀이 없고 라면조차 귀하던 시절, 국수는 너 나 없이 좋은 먹거리였다. 그런데 그 국수 가게 아들이 초등학교 때 나와 같은 반이어서 나는 그 가게에 가기가 싫었다. 그래도 엄마 심부름으로 부득이하게 갈 때가 있었는데 그 친구가 가게에 있으면 나는 들어가지 못하고 가게 주변을 빙빙 돌았다. 그 친구도 내가 나타나면 부끄러워 그랬는지 길게 늘어놓은 국수 가닥 뒤로 슬며시 숨곤 했다. 누가 보면 내외하는 줄 알았을 것이다.

그런데 그 국수 가게에 혁명이 일어났다. 그 친구

의 이름이 상욱이었는데, 상욱이 어머니가 만두피를 만들어 팔기 시작한 것이다. 집에서 일일이 밀가루를 치대어 만두피를 만들어 먹던 시절이었으니 만두피는 일대 혁신이었다. 만두피는 나오자마자 대 히트를 쳤다. 우리 집도 예외가 아니었다. 엄마는 설이 오면 열 손가락에 덕지덕지 밀가루를 묻혀 가며 반죽을 만들었다. 적당히 찰지게 치대어 놓으면 힘 좋은 오빠가 두리반을 펴고 홍두깨로 밀어 반죽을 얇게 펴 주었다. 그렇게 펴놓으면 언니와 내가 놋 잔이나 주전자 뚜껑으로 만두피를 찍어냈다. 찍는 대로 동그랗게 모양이 되어 나오는 게 신기하고 재밌어 우리는 서로 그걸 하겠다고 덤볐다. 그런데 이 모든 과정을 생략하고 만두 속만 있으면 바로 만두가 완성되는 만두피가 나온 것이다. 엄마는 세상 참 편해졌다며 만두피를 사 가지고 올 때마다 감탄했다. 그런데 얼마 후 만두피는 슈퍼에서 언제니 볼 수 있는 상품이 되었다. 국수보다 라면이 더 인기 있어지고 만두피가 마트에 대량 유통이 되면서 상욱이네도 결국은 국수 가게를 접었다.

  유년 시절 만으로도 이렇게 추억할 게 많은데 50년을 산 아버지는 어떨까. 갈피갈피 세월의 역사가 모두 그 집에 묻어있는데 이젠 사람들이 찾지도 않는 재래시장의 주차장을 만든다고 이 집을 떠나라 하니, 오히려 아버지가 치매인 것이 더 다행인지도 모르겠다.

# 7

 아버지의 집은 처음엔 아주 작고 소박했다. 세월이 가면서 크기도 색깔도 구조도 달라졌다. 처음엔 갈색 타일에 빨간 기와지붕이었다. 50여 년 전 거무튀튀한 잿빛 일색의 허름한 한옥이 주류이던 재래시장 옆 골목에 반짝반짝한 타일로 집 벽을 바르고 빨간색으로 기와를 한 아담한 양옥집이 들어서자 그곳을 지나던 사람들이 모두 보고 환호했다. 시간이 흐르면서 추위에 취약했던 아버지의 집은 추위를 막아주는 두툼한 벽으로 다시 한번 옷을 갈아입었고 또 세월이 지나면서 현대식이란 이름으로 적벽돌로 새롭게 단장되었다. 물론 집 벽이 바뀔 때 기와도 빨간색에서 갈색으로, 눈비에 강한 파란색 유약 기와로 새로 얹었다. 아버지의 집이 그렇게 바뀌어 가는 동안 앞집도 이층집을 짓고 골목 입구엔 번듯한 4층 건물이 들어섰지만 아버지는 당신 집에 대한 애정을 버리지 않았다.

아버지는 결혼하고 얼마 안 되어 이 집을 지었다. 처음 월세방으로 신혼을 시작했던 아버지는 엄마가 임신을 하자 곧장 땅을 사고 집을 지었다. 마침 아주 헐값에 나온 땅이 있어서 가능했다. 통장의 돈을 몽땅 터니 어찌어찌 집 지을 돈이 되었다. 그때는 물가가 워낙 싸서 약간의 돈과 집을 지을 의지만 있으면 내 집을 짓는 일이 가능했다고 엄마가 말해주었다.

아버지는 기초 공사부터 찬찬히 관여했다. 교직에 있는 아버지가 직접 삽을 들고 공사 현장에 뛰어든 건 아니었지만 아버지는 처음 내 집을 짓는 설렘으로 학교에 있는 시간을 빼곤 거의 집 짓는 일에 매달려 살다시피 했다. 그 덕분에 엄마는 부른 배를 안고 인부들의 새참을 해대느라 진땀을 빼야 했다. 몇 달이 흐르고 방 세 칸과 마루, 그리고 부엌이 딸린 조그만 양옥집이 탄생했다. 그리고 큰오빠가 태어났다. 그때까진 신혼집으로 손색이 없었다. 물론 재래식 화장실인데다가 세수도 마당에서 하고 부지깽이를 들고 방방이 다니며 연탄불을 갈아야 하는 구조였지만 그때는 세태가 그랬다. 집안에서 세수를 하고 똥을 눈다는 건 상상할 수 없었다. 그래서 방 세 칸만으로도 세상의 모든 걸 다 가진 듯 행복했다. 그런데 그 뒤로 자식들이 줄줄이 태어나고 할머니까지 모시고 살게 되면서 방 세 칸으로는 어림없게 되었다. 한 칸은 엄마와 아버지가 쓰고, 또 한 칸은 두 오빠가 쓰고, 또 한 칸은 할머니와 언니와 내가 썼는데 참 적절한 분배였다고 생각한다. 그건 누가 그러라고 시키지 않아도 자연스럽게 그렇게 되었다. 식구가 늘어나면서 아버지는 서재를 빼앗기고 큰오빠는 독방을 못 쓰게 되었지만 그걸 억울하다고 생각하는 사람은 없었다. 언니는 나와 한 방을 쓰게 되면서 자신의 영역이 반으로 줄고 거기다가 할머니의 지린내까지 맡아야 했지만 그걸 부당하다고 생각하지 않았다. 식구니까.

그런데 언니 오빠가 중고등학생이 되면서 공부방이 설실하게 되었다. 아버지의 장남이, 사랑하는 맏딸이 공부방이 없어서 공부를 못한다는 건 아버지 체면에 말도 되지 않았다. 아버지는 텃밭을 밀어 다시 방 세 칸짜리 작은 집을 지었다. 한 울타리 안에 집이 두 채가 된 것이다. 방이 생기면서 아버지는 서재를 다시 찾고 오빠와 언니는 자기 방을 갖게 되었다. 그 방 덕분에 오빠와 언니는 아버지가 원하는 대학에 무난히 입학할 수 있었다. 대학을 보내는데 소임을 다 한 그 방은 차츰 창고로 변해 갔다. 50년간 버리지 못한 묵은 짐은 오빠와 언니가 밤새워 공부하며 미래를 준비했던 그 방에 모두 쑤셔 박혔다.

그 방에 대한 망상에 사로잡혀있을 때 포클레인이 와서 기둥을 쓰러트렸다. 기둥이 무너지자 기와가 와르르 쏟아져 내렸다. 작은 집을 무너뜨린 포클레인은 다시 본체로 와서 욕실 창문을 건드렸다. 푹 하고 벽체가 무너지면서 욕실의 내부가 훤히 드러났다. 치매 들린 아버지와 늙은 엄마가 사용하던 욕실은 세월과 함께 군데군데 때가 끼어 볼품없어졌지만 처음 욕실이 생기던 날의 환희를 나는 지금도 잊을 수 없다.

공부방을 지을 때 아버지는 본체의 욕실 공사도 같이 했다. 욕실이 있다는 건 세수도 집 안에서 하고 똥도 집 안에서 눠도 된다는 얘기였다. 욕실이 생기면서 우리는 한밤중에, 그것도 한겨울에 눈을 헤집고 똥을 누러 가지 않아도 되었다. 그런데 아버지는 집안에 화장실을 만들어놓고도 집안에서는 똥이 안 나온다며 한겨울에도 맨발에 슬립퍼를 끌고 변소로 갔다. 그 변함없는 아버지의 똥고집 때문에 그 변소는 아직도 그 자리에 있다.

어디 좌변기뿐이겠는가. 욕실에 수도꼭지가 두 개 생기면서 우리는 아침마다 겪던 더운물 싸움에서도 해방되었다. 욕실이 생기기 전엔 연탄 화덕 옆에 큰 단지를 묻어두고 거기에 물을 채워 밤새 연탄의 온기로 따뜻해지면 그 물로 세수를 했다. 지금 생각해도 그 아이디어는 참으로 기발했다. 감이 익는 계절엔 그 단지에 소금을 타고 감을 넣어놓으면 떫은 감이 단 감이 되어 있어 우리의 간식 역할을 톡톡히 해주었다. 그런데 단지의 용량은 한계가 있고 식구는 많았던 지라 세수할 때 한 바가지씩만 꺼내 써도 그 물은 금방 동이 났다. 그 물로 머리라도 감는 날엔 다른 식구들은 찬물로 세수를 해야 했다. 그때 그 욕바가지란. 그래서 머리를 감아야 하는 날엔 새벽부터 일어나 양은솥에 따로 물을 데워 써야 했다. 한겨울에 양은솥을 들고 나가서 언 수도 옆에서 머리를 감던 기억은 정말이지 끔찍하다.

포클레인이 안방까지 밀고 들어갔다. 안방은 집 가운데 깊숙이 있어 허무는 작업도 제일 늦었다. 그 사이 욕실과 공부방은 뒤엉켜 형체가 없어졌다. 안방은 우리 가족이 유일하게 모두 모이는 공간이었다. 내가 어렸을 땐 그 방에 모두 모여 밥을 먹었지만 언니 오빠들이 크면서 같이 모여서 밥을 먹을 일이 없어지자 안방은 텔레비전을 볼 때만 각자 드나드는 공간이 되었다.

안방의 기억이라면 뭐니 뭐니 해도 다락이다. 요즘엔 다락도 방처럼 잘 꾸며져 있어 그곳에서 공부도 하고 놀이도 하지만 그때는 단지 짐을 넣어두는 장소 그 이상도 이하도 아니었다. 엄마는 그곳을 엄마의 창고로 썼다. 엄마는 손재주가 좋아 자식들의 옷을 손수 만들어 입히거나 뜨개질을 해서 입혔는데 그 자투리 옷감이나 남은 뜨개실을 모두 다락에 보관했다. 그래서 다락문을 열면 계단에 있던 뜨개바구니에서 실뭉치가 뚜르르 방으로 굴러 떨어지곤 했다. 엄마는 오래 보관해야 되는 곶감이나 과줄 같은 것도 다락에 넣어두었다. 그걸 알고 있는 나는 엄마 몰래 다락을 뒤져 배를 채우곤 했다. 나는 언니와 싸우고 혼자 있고 싶을 때에도 다락에 곧잘 올라가곤 했는데 그곳에서 쥐를 본 이후 다시는 올라가지 않았다.

쥐도 무서웠지만 언니가 독방을 얻어 나가면서부터는 다락에 올라갈 일도 거의 없어졌다. 대신 할머니와는 계속 한방을 썼다. 나는 할머니와 방을 같이 쓰는 게 좋았다. 내가 할머니와 놀아주면 할머니는 더 좋아했다. 할머니와 민화투를 치고 나면 할머니는 속 고쟁이에 손을 쑥 집어넣어 꼬깃꼬깃 감추어 놓은 지전을 꺼내 주곤 했는데 나는 그 재미에 더 열심히 할머니와 화투를 쳤다. 화투를 치고 나면 할머니는 꼭 담배를 한 대씩 피우곤 했다. 그 담배는 아버지가 피우고 버린 꽁초를 털어 신문지에 말아 피우는 것이었다. 나는 할머니가 피울 때 옆에서 몇 번 얻어 피웠는데 어쩌다 연기가 목구멍으로 넘어가면 눈앞이 핑그르르 돌고 기침이 났지만 아버지 몰래 피웠던 그 담배 맛을 지금도 잊지 못한다.

내가 할머니와 잘 노니까 엄마는 나를 할머니에게 떠넘기다시피 하며 나를 잘 돌보지 않았다. 엄마는 아침 시간에 바쁘다는 핑계로 내 머리 묶는 것을 할머니에게 맡겼다. 난 머리만큼은 할머니보다 엄마가 빗겨주는 게 좋은데 엄마는 늘 언니 차지여서 나는 하는 수 없이 빗을 들고 할머니 앞에 앉았다. 그런데 할머니가 빗겨준 양 갈래 머리는 늘 왼쪽과 오른쪽의 비율이 맞지 않아 찝찝한 기분으로 학교를 다녔다. 그런 할머니와의 추억은 초등학교 4학년에서 끝났다. 할머니가 돌아가시자 방은 온전히 내 차지가 되었다.

작업이 얼추 끝나가고 있었다. 포클레인이 닿는 곳마다 허물어져 내려 이젠 이곳이 집이었는지조차도 모를 만큼 엉망이 되었다. 50년 넘은 고목들이 뿌리 채 뽑혀 넘어지고 마당은 콘크리트 더미로 휩싸여 꽃밭도 정원도 모두 사라졌다. 아버지는 이삿날을 받아 놓고도 꽃밭에 물을 주었었다. 치매가 아니었더라도 아버지는 나무에 물을 주었을 것이다. 몸이 기억하는 습관이란 참으로 무섭다. 집이 모습을 잃어가자 반대로 기억은 더 또렷이 살아났다. 아버지는 아침마다 빗자루를 들고 방마다 다니며 오빠들과 과년한 딸들의 이불을 홀떡홀떡 걷었다. 그러면 언니와 나는 비명을 지르며 허둥지둥 옷을 껴입고 마루로 나갔다. 세수를 하고 오면 방이 말끔하게 정리되어 있었다. 매일 아침 아버지는 빗자루와 걸레를 들고 방과 마루를 먼지 한 톨 없이 쓸고 닦았다. 그 사이 엄마는 부엌에서 아침밥을 지었다. 바쁜 등교 시간에 맞추기 위해 엄마는 커다란 양푼에 밥을 퍼서 숟가락 네 개를 꽂아 밥상 위에 올려놓았다. 그러면 우리는 각자 양껏 알아서 먹고 마루 위에 올려놓은 네 개의 도시락 중에서 자기 것을 집어 들고 학교로 갔다. 물론 도시락의 내용물은 다 같지 않았다. 오빠들 밥에는 계란 프라이가 얹혀져 있었지만 언니와 내 밥엔 없었다. 나는 오빠들 도시락을 들고튀고 싶었지만 차마 그러지 못했다. 그때는 잘 몰랐는데 지금 생각하니 부모님들은 참 대단했다. 난 지금 내 한 입도 건사하지 못하는데 아버지는 자신 말고도 아내와 네 명의 자식과 어머니까지 부양했다. 나는 전기밥솥에 한 번 한 밥으로 사흘을 먹는데 엄마는 하루에 세 번 양은솥에 밥을 안치고 매일 아침 네 개의 도시락을 쌌다. 그 생각을 하면 한 번씩 멍해진다.

포클레인이 마지막 남은 벽면을 허물어뜨리는 걸 보고 나는 돌이섰다. 이제 이 집에 집착하는 건 의미가 없다. 기억이 있으니까 추억으로 간직하면 된다. 나는 발길을 돌려 아버지가 가신 새집으로 향했다.
  새로 이사한 집은 번듯하고 좋았으나 나도 아직은 이 집이 우리 집으로 생각되진 않는다. 내가 이런데 치매인 아버지를 설득할 수는 없다.

내가 집으로 들어가자 작은올케가 어디 갔다가 이제 오냐며 다짜고짜 내 손을 잡아끌었다.

"왜 그러는데요?"

나는 작은올케가 늘 성가셨다.

"아가씨, 여기 좀 앉아 봐요."

작은올케가 나를 소파 한쪽에 끌어다 앉혔다.

"무슨 얘긴데 그래요?"

"아버님요, 하루 이틀도 아니고 무슨 대책을 세워야 하지 않아요?"

"대책이라뇨? 무슨 대책요?"

나는 큰올케의 눈치를 보며 작은올케를 나무라듯 말했다. 큰올케는 주방에서 듣고 있었다. 큰올케는 작은올케와 부딪히는 걸 싫어했다.

"아가씨, 섭섭하게 듣지는 말아요. 아버님 말인데요. 이쯤 되면 요양원 보내야 하지 않나요? 우리도 생활은 해야잖아요?"

"언니가 그런 말할 입장이 되요? 모시고 사는 사람도 있는데 일이 있을 때 잠깐 얼굴만 들이미는 사람이 무슨 그런 말을 해요?"

"참 아가씨 말 한 번 섭섭하게 하네. 저 이 집에

시집오고 이십 년이에요. 그동안 하는 거 다 봐 놓고 그렇게 말하면 안 되죠."

작은올케는 큰올케보다 2년 먼저 시집 와서 제사를 비롯해 집안의 대소사를 먼저 챙긴 걸 무슨 대단한 벼슬이나 한 양 늘 힘을 주었다. 큰올케가 들어오고 나서도 작은올케는 은근히 맏며느리 행세를 하려고 해서 큰올케가 마음고생을 좀 했다. 그러나 20년 세월이다. 궂은일엔 둘째라는 이유로 은근슬쩍 발뺌을 해왔던 걸 누가 모를 줄 아는가.

"사실 말이야 바른 말이지 모두 속으론 아버님 요양원 보내고 싶어 하지 않나요? 아무도 말 못하는 걸 내가 대신 욕 먹어가며 했구만 고마운 줄도 모르고."

"그만 하죠. 아버지 들어요."

작은올케의 수위가 점점 높아지는 같아 나는 자르고 일어났다. 틀린 말은 아니었다. 이쯤 되면 요양원이 슬그머니 머리를 쳐들고 올라온다. 그러나 생각해보는 것과 그것을 실행에 옮기는 것과는 천지 차이다. 요양원이라니. 아버지가 자식들에게 어떻게 했는데 감히 요양원이라는 말을 입에 올리다니. 지금처럼 힘든 상황이 앞으로도 계속된다면 어떻게 될지 모르겠지만 아직은 아니었다.

나는 아버지가 어쩌고 있나 보려고 방으로 들어갔다. 그런데 아버지가 없었다. 나는 놀라서 집안을 이리저리 살피다가 현관문을 열고 나왔다. 아버지는 계단에 쪼그리고 앉아 멍하니 볕 바라기를 하고 있었다. 나는 아버지 옆에 앉았다.

"뭘 그렇게 봐요?"

아버지는 대답이 없다. 왠지 혼이 없는 것처럼 느껴졌다. 이럴 땐 내 옆에 있어도 이 세상 사람 같지 않다. 요즘 들어 아버지는 부쩍 더 야위었다. 요샌 엄마도 찾지 않는다. 전엔 자식들은 기억 못 해도 엄마는 옆에 꼭 붙어 있어야 했는데 엄마까지 잊어버린 걸 보니 아버지의 병이 정말 많이 깊어졌나 보았다.

"아버지 저 회양목 말인데요. 살아날까요?"

나는 마당 한쪽에 가지만 앙상한 회양목을 보며 물었다. 아무리 가지만 남았어도 아버지는 우리에게 버팀목이었다. 아버지는 우두커니 바라보기만 할 뿐 역시 대답이 없다. 회양목을 보고 있는지조차도 잘 모르겠다.

그때 큰올케가 현관문을 열고 밥 먹으라며 불렀

다. 나는 아버지를 모시고 주방으로 갔다. 식탁엔 뚝배기에 담긴 된장찌개가 보글보글 끓고 있었다.

 아버지는 입맛이 없는지 두어 수저 뜨다가 말았다. 아까 집에서 도둑이 들었다며 그 난리를 쳐댔으니 기운이 남아있을 리 없었다. 아버지는 수저 들 힘도 없는지 김이 오르는 된장찌개를 물끄러미 바라보기만 했다. 큰올케가 아버지 손에 다시 수저를 쥐여주었다. 그러나 밥을 뜨지 못했다. 아버지는 하지 않아도 될 고생을 하고 있었다. 당신 잘못도 아니면서 험악한 말년을 보내고 있는 아버지가 가여웠다. 치매가 온 건 어쩌지 못한다 해도 살고 싶은 곳에서 살 권리는 막으면 안 되는 거였다. 아버지는 정신이 있을 때도 이사는 가지 않겠다고 늘 말했었다. 집은 그렇게 옮겨 다니는 게 아니라고. 아버지는 살던 집에서 그냥 죽겠다고 입버릇처럼 말했었다. 그 권리를 강제로 빼앗긴 것이다.

 식탁에서 일어난 아버지가 마당으로 나갔다. 혹여 대문을 열고 나가지나 않을까 하여 뒤따라 나갔다. 아버지는 수돗가에서 호수를 끌어다 회양목에 물을 주고 있었다.

# 8

 밤이 되자 아버지가 또 집에 가자고 졸랐다. 큰일이었다. 이제 아버지가 돌아갈 집은 없다.
 "어두워졌으니까 집엔 내일 가요."
 엄마가 달래도 소용없었다. 아버지는 어두워졌으니까 집에 가야 한다고 했다. 집에 가서 자야 한다고.
 "제발 그만 좀 해요. 이젠 여기가 우리집이라구요."
 나는 소리를 버럭 질렀다. 소리를 지르는데 눈물이 콱 쏟아졌다. 나는 어린아이처럼 엉엉 울었다. 아버지가 우는 나를 보며 쩔쩔맸다. 2층에 있던 큰오빠와 올케가 놀라서 내려왔다. 내가 울음을 그치지 않자 아버지는 큰오빠에게 집에 가자고 졸랐다.
 "이를 어째요? 오늘 낮에 집 다 밀어버렸을 텐데."
 큰올케가 걱정스러운 듯 큰오빠를 쳐다보았다.

"하는 수 없지 머. 이대로는 안 되니까 다녀와. 집이 없는데 아버진들 어쩌겠어."

큰오빠의 다녀와, 소리에 아버지의 얼굴이 확 펴졌다.

나는 어둑어둑해진 거리를 아버지와 다시 나왔다. 아버지 손에는 보따리도 들려져 있었다. 아버지는 어디서 찾았는지 물 낡은 보자기 하나를 펼쳐 놓고 저녁 내내 보따리를 꾸렸다. 그 속에는 엄마의 한복과 아버지가 새벽 운동 때 입던 소매 깃이 다 낡은 추리닝이 들어 있었다. 그것들이 왜 보따리 속으로 들어갔는지 우리는 알 수 없다. 보따리 뭉치를 들고 가는 아버지의 어깨가 초라해 보였다. 아버지의 어깨가 저렇게 좁았었나. 나는 아버지를 가엾게 여기려고 애를 썼다. 측은지심 없이는 도저히 이 난관을 헤쳐 나갈 수 없었다. 그래, 아버지도 피해자다.

집 가까이 왔다. 볼록 요철처럼 오롯이 우리 집만 남아 있던 골목이 콘크리트 벽돌 밭으로 바뀌었다. 아직 완전히 정리되지 않은 바닥엔 철근이 드러난 콘크리트 벽돌이 겹겹이 쌓여 먼지를 날리고 있었다. 문득 상실감이 물밀듯 밀려왔다. 모든 추억이 이 집에 다 담겨있다고 여기고 살았는데 자취 없이 사라지자 과거를 송두리째 도난당한 기분이었다. 허망했다. 내가 이런데 아버지는 어쩔 것인가. 나는 아버지가 걱정되었다. 아버지는 계속 사방을 두리번거리기만 했다.

"봐요. 없잖아요."

내 말에 아버지의 시선이 잠시 멈추었다.

"여기다가 주차장을 만든다고 우리 집을 허물었어요."

그 말이 아버지에게 먹힐 리가 없었지만 나는 사실을 얘기해주고 싶었다.

아버지의 동공이 흐려졌다. 아버지가 무엇을 보고 있는지 무슨 생각을 하고 있는지 도무지 알 수 없었다.

"이제 가요."

나는 아버지의 팔을 잡아끌었다.

쉽게 움직일 것 같지 않던 아버지가 먼지가 날리는 콘크리트 더미 속으로 혼자 걸어 들어갔다.

"어디 가세요?"

"우리 집."

"우리 집은 그쪽이 아니에요. 이쪽으로 가야 해요."

"아냐 이쪽이야."

"그쪽이 아니라니까요. 어서 나오세요."

"아냐, 우리 집은 이쪽이야."

아버지는 자꾸만 걸어 들어갔다.

그때 아이들의 노래 소리가 들렸다.

"두껍아 두껍아 헌집 줄게 새집 다오 두껍아 두껍아 헌집 줄게 새집 다오."

아이들은 어둑어둑해진 공터 가장자리에 쪼그리고 앉아 손등에 흙을 얹으며 다독거리고 놀았다.

"아버지, 어딜 자꾸만 가세요?"

"집에 가야지."

"어서 돌아와요."

아버지의 대답 소리는 아이들의 노래 소리에 묻혀 잘 들리지 않았다. 두껍아 두껍아 헌집 줄게 새집 다오.

# 9

　집으로 돌아와 나는 아버지 옆에 누웠다. 아버지는 올케가 타준 수면제가 든 쌍화차를 마시고 잠이 들었다. 부질없는 기대인 줄 알면서도 이젠 집이 없어진 걸 보았으니 내일은 제발 집에 가자고 조르지 않기를 바라며 잠이 들었다. 하루 종일 아버지 치다꺼리로 지친 탓에 나는 깊이 잠이 들었다. 그렇게 한잠 푹 자고 깼다. 아직 날은 밝지 않았다. 나는 좀 더 자두려고 잠을 청하며 옆 자리를 살폈다. 아버지가 없었다. 왠지 섬뜩했다. 나는 화장실부터 가 보았다. 없었다. 거실 불을 켜고 이곳저곳을 살폈다. 역시 없었다. 마당에도 나가 보았다. 아버지는 아무 데도 없었다. 나는 방으로 들어와 엄마를 깨웠다. 아버지가 없어졌어요. 내 말에 놀란 엄마가 내가 방금 살폈던 코스대로 다시 훑었다. 그러나 아버지는 집안 어디에도 없었다. 나는 벽장을 열어보았다. 아버지의 스프링코트가 없었다. 어젯밤에 들고 나갔던 보따리도 보이지 않았다. 보따리는 벽장 앞 신문더미 옆에 늘 놓아두었었다. 엄마는 어느새 큰오빠를 깨우러 2층으로 올라가고 있었다. 시간은 새벽 4시가 지나고 있었다. 큰오빠와 올케가 자다가 놀라서 나왔다. 조카들은 세상모르게 자고 있다.

"아버지가, 아버지가 안 뵌다."

엄마는 그 말을 하며 바닥에 털썩 주저앉았다.

"아버님이요? 아버님이 왜요?"

"그니까요. 생전 이런 일은 없었는데."

"혼자서는 절대 안 나가셨는데."

"아무래도 집을 나간 것 같아요. 보따리가 없어요."

"혹시 그 집으로 가신 게 아닐까요?"

"길도 모르는데 어떻게."

큰오빠와 나는 누가 먼저랄 것도 없이 점퍼만 걸치고 집을 나왔다. 새벽바람이 차가웠다. 어제저녁부터 꽃샘추위가 기승을 부리는 탓에 날씨는 겨울처럼 추웠다. 얇은 스프링코트 한 장으로 이 추위를 견디고 있을 아버지를 생각하니 가슴 밑바닥에서부터 자꾸만 뭉글뭉글한 게 올라왔다. 제발 있어야

아버지의 집

돼. 다른 데 가지 말고 제발 그곳에 있어야 돼. 큰오빠와 나는 뛰다시피 달려 옛집이 있던 곳으로 왔다. 그러나 아버지는 없었다. 뿌연 가로등만이 정적이 감도는 콘크리트 더미를 지키고 있었다. 뭔가 큰일이 벌어질 것만 같은 불안이 온몸을 기습했다. 아버지는 어디로 간 걸까요? 큰오빠는 대답하지 못했다. 아버지! 나는 큰 소리로 불러보았다. 새벽 공기 속에 공명만 더 크게 울렸다. 아버지는 집이 없어지던 날 같이 사라졌다. 마치 아버지가 집이고 집이 아버지였던 것처럼.

# 2부

# 아버지의 여자

# 1

 공항에 도착했을 때 날은 어두워져 있었다. 우리 서로 어떻게 알아보죠? 라고 내가 물었을 때 여자는 검정색 가디건을 입고 있을 거예요. 작은 배낭을 멨고요. 라고 간단하게 자신의 특징에 대해 알려주었다. 그러나 나는 왠지 그런 것들을 몰라도 한눈에 여자를 알아볼 수 있을 것 같았다.

 해가 진 몽고의 징기스칸 공항은 썰렁했다. 한국의 중소도시를 여행하다가 불쑥 들어간 버스 대합실처럼 낯설고 스산했다. 검표를 기다리는 줄에서 일본말과 중국말이 섞여서 들려오지 않았더라면 이곳이 공항이라는 사실도 잊어버렸을 것이다. 여자는 흰 티셔츠에 검정 가디건을 걸치고 출구 쪽을 향해 망연한 표정으로 서 있었다. 배낭은 한쪽 어깨에만 걸쳤다. 사람들 틈바구니에서 그 여자와 내 시선이 마주쳤다. 우리는 그냥 서로를 알아봤다. 여자가 나를 향해 웃었다. 고른 치아가 형광 불빛 아래서 빛났다. 내가 가까이 가자 여자도 한 발 다가왔다.

"저기…"

내가 먼저 입을 뗐다.

"어서 와요."

여자가 내 손을 덥석 잡았다. 조금 전까지 여자를 만나면 무슨 말부터 해야 하나를 고민하던 건 기우였다. 여자의 미소를 보자 금방 편안해졌다. 여자는 피부가 까무잡잡하고 보통 체격의 전형적인 몽골 여자 상이었다. 못생긴 건 아니었으나 딱히 예쁘지도 않았다. 얼굴을 살포시 덮고 있는 주름을 걷어낸다 해도 그저 평범한 얼굴일 따름이었다. 아버지는 이 여자를 왜 좋아했을까. 여행을 하다 보면 그 의문은 풀리겠지만 나는 여자가 평범해서 더 호기심이 일었다. 누가 보더라도 매력적인 여자와 사랑에 빠지는 건 아주 흔한 일일 테니까.

여자는 자기가 타고 온 승용차에 나를 태우고 어둑어둑해진 공항을 빠져나갔다. 가는 동안 여자는 말을 별로 하지 않았다. 우리가 아무 말이나 막 해도 되는 편한 사이는 아니었지만 그렇다고 딱히 조심할 필요까지는 없었다. 조심해야 할 상대였다면 나는 굳이 여자를 만나러 먼 몽고까지 오지 않았을 것이다.

여자는 어디로 간다는 말도 없이 한참을 달려가다가 인가도 없는 허름한 4층 건물 앞에서 차를 세웠다. 나는 여자가 자기 집으로 나를 데리고 가려나 했는데 낯선 호텔 앞에 툭 떨구어놓고는 내일 데리러 오겠다는 말만 남기고 횡하니 가버렸다. 나한테 이러면 안 되지 싶으면서도 내색은 할 수 없었다. 대접을 받고자 한 건 아니었으나 아버지에게 진심이었던 여자가 그 딸에게 할 수 있는 태도는 아니었다. 나는 여자의 집이 궁금했으나 여자가 먼저 가자고 하지 않는 이상 내가 가자고 할 수는 없었다. 여자는 지나가는 여행객도 그냥 재워주게 생겼다. 집을 보여줄 수 없다면 나와 거리를 두겠다는 얘기다. 집은 상대에게 자신의 패를 모두 꺼내어 한꺼번에 보여주는 것과도 같았다. 더구나 여자는 내 아버지의 연인이었다. 아버지의 흔적이 이곳저곳에 묻어 있을 수 있었다. 그 은밀함을 들키고 싶지 않은 것일 수도 있겠다며 내 멋대로 상상하며 여자에 대한 섭섭함을 달랬다. 그러나 그 마음은 호텔 앞에서 다

아버지의 여자   81

시 무너졌다. 말이 호텔이지 오래된 연수원 건물 같았다. 도무지 자러 들어갈 엄두가 나지 않았다. 그래, 여기는 몽고다. 생활 수준도 문화도 다를 수 있다. 여자도 오늘 처음 보았다. 여자에 대해 아직은 그 어떤 판단도 내리지 말자고 마음을 크게 먹었다.

현관에서 한 남자가 나왔다. 호텔 주인인 듯한 남자는 나에 대해 뭐라고 들었는지 내내 무뚝뚝한 표정으로 3층 방문 앞에 와서는 키만 전해주고 돌아갔다. 투숙객이 하나도 없는 듯한 복도는 어둡고 썰렁했다. 방문을 열고 들어가는데 문득 외롭고 무서웠다. 나는 대체 여길 왜 온 거지? 여자는 만나서 뭘 어쩌려고?

호텔 안은 엉망이었다. 물줄기가 약해 샤워는 엄두도 못 냈고 커튼을 젖히니 거미줄과 죽은 파리가 군데군데 보였다. 절로 얕은 비명이 나왔다. 뭔가 시작부터 어긋나는 느낌이었다. 불쑥 두려움도 엄습했다. 호텔 주인이 남자인 것도 신경 쓰였다. 이런 외딴곳에 나를 버려두고 만일 내일 여자가 오지 않는다면? 나는 무서움을 떨쳐버리려고 얼른 수면제를 삼켰다. 그래도 아직은 수면제가 들으니 다행이었다. 나는 수면제가 듣지 않는 날이 올까 봐 두렵다.

## 2

 아버지는 어쩌다가 몽고 여자를 사랑하게 되었을까. 미국 여자도 아니고 일본 여자도 아닌 몽고 여자를.
 여자는 아버지가 있는 대학에 교환교수로 왔다. 예견되어 있던 일처럼 두 사람은 사랑에 빠졌다. 한국 실정에 어두운 몽고 여자는 자주 아버지의 연구실을 드나들었으며 그것은 학교 밖으로까지 연결되어 두 사람이 함께 있는 장면은 시내 곳곳에서 목격되었다. 아버지는 당신이 웬만큼 알려진 얼굴이라는 걸 모르는 듯했다. 아버지는 가끔 방송에도 얼굴을 비쳤으며 그동안 아버지를 거쳐 간 제자만 해도 수를 헤아릴 수 없으니 그들은 곳곳에 포진되어 아버지와 맞닥뜨렸다. 물론 아버지는 사람들이 생각하는 그런 사이가 아니라고 발뺌을 했다. 타국 생활에 낯선 여교수에게 단지 의지처가 되어주는 것뿐이라고, 그게 결국은 사랑이란 걸 모를 아버지가 아니면서 아버지는 끝까지 아니라고 우겼다. 어쨌든, 여자는 계약 기간인 3년이 지나면 몽고로 다시 돌아갈 것이었기에 우리는 묵인했다. 여자는 2년을 더 연장해서 5년을 머물러 있다가 몽고로 돌아갔다.

여자가 가고, 그것으로 몽고 여자와의 스캔들은 끝나는 듯했다. 그러나 그 후로 아버지의 출장이 잦아졌다. 아버지는 세미나를 핑계로 비행기를 타는 일이 많아졌다. 그곳이 몽고였는지는 알 수 없으나 나는 몽고였을 거라고 짐작한다.

그러나 몽고를 오가며 사랑을 나누기엔 돈도, 시간도, 체력에도 한계가 있었다. 아버지는 전화와 메일로 관계를 이어갔지만 만질 수 없는 사랑은 의미가 없었다. 언제부턴가 아버지는 컴퓨터 앞에도 잘 앉지 않았다. 아버지가 컴퓨터 앞에 앉을 때는 뉴스나 주식 정보를 검색하거나 몽고 여자에게 메일을 보낼 때였는데, 최근엔 컴퓨터를 아예 켜지도 않아서 나는 몽고 여자와 무슨 문제가 생긴 건 아닌가 의심했었다. 아니, 문제가 생겨야 한다고 생각했다. 누가 보더라도 이건 끝내야 하는 관계였으므로.

대신 아버지는 엄마를 찾는 빈도가 잦아졌다. 엄마가 해주는 맛없는 반찬을 맛있게 먹고 엄마 손을 잡고 산책을 나갔다. 그게 아버지 몸에 들어선 고약한 병 때문이었다는 걸 한참 후에나 알았다.

엄마는 갑자기 살가워진 아버지 태도가 치매 때문이란 걸 알면서도 좋아했다. 나는 엄마가 복수를 해야 한다고 생각했으나 엄마는 전혀 그럴 듯이 없어 보였다. 사랑은 참 치사하면서도 오묘하다. 저렇게라도 옆에 있어 주는 게 좋으니 말이다. 엄마는 혹시 기다린 보람이 있다고 생각하고 있는 건 아닐까?

아버지는 몽고 여자를 가장 오래 만났다. 그렇게 길게 갈 수 있는 거라면 인연이라고 나는 단정 지었다. 그런데 치매가 그 여자와의 기억을 지우고 있었다. 물론 기억이 과정보다 중요한 건 아니다. 그렇게 한 세월 사랑했으면 그만 아닌가.

나는 전에 우연히 아버지가 켜놓은 컴퓨터에서 몽고 여자에게 보낸 메일을 본 적이 있었다. 메일 내용은 평범했다. 아버지는 메일에서 가족 얘기를 자주 했는데 사랑이 변해 우정이 되어버린 것처럼 두 사람은 편안해 보였다. 아버지는 메일에서 엄마 얘기도 자주 했다. 사랑하는 여자에게 아내에 대한 애기를 아무렇지도 않게 하는 아버지가 이상했지만 나쁘지 않았다.

그때 나는 그 여자의 메일 주소를 따로 메모해 놓았었다. 일부러 찾아가서 만나지 않는다면 우연이라도 마주칠 일이 없는 몽고 여자였지만 나는 왠지 그 여자와 선이 닿아있고 싶었다.

그런 잠재적 연줄은 결국 나를 그 여자와의 만남으로 이끌었다.

나는 가끔 한 번씩 심한 우울감에 시달렸다. 불투명한 현재, 불확실한 미래, 비전 없는 남자관계. 그러면서도 그런 걸 개선하려는 의지가 전혀 없는 것 때문에 나는 하루하루가 그냥 우울했다. 5년간 끌어오던 사랑을 이제는 정리해야겠다고 마음먹고 있어서 우울감은 더했다. 그러다 보니 수면제가 만성이 되었다. 나는 수면제 말고도 몇 가지 약을 더 먹었는데 이 약들이 결국은 나를 망가뜨릴 걸 알지만 이 약이 없으면 하루를 넘길 수가 없다. 무기력이 바닥을 치고 이러다가 돌아버릴 수도 있겠구나 생각될 때 몽고가 떠올랐다. 그 여자가 생각난 것도 거의 동시였다.

물론 가보지도 못한 몽고가, 만나보지도 못한 여

자가 나를 어떻게 해줄 수 있으리라는 생각 같은 건 하지 않았다. 단지 어딘가로 떠나고 싶다는 생각이 들었을 때 몽고가 떠올랐고 몽고가 떠오르자 여자가 생각난 것뿐이었다.

나는 여자에게 만나고 싶다는 메일을 띄웠다. 답장은 쉬 오지 않았다. 몽고 여행을 포기해야 하나, 질척대고 있을 때 여자로부터 답장이 왔다.

나는 즉시 짐을 꾸리고 비행기에 올랐다. 혼자 계획한 여행이어서 아버지에겐 알리지 않았다. 아버지를 모시고 가는 게 여자를 기쁘게 해주는 건 아닐까, 잠시 생각했으나 아버지는 치매였다. 아직 여자를 못 알아볼 정도까지는 아니었으나 기억을 잃어가는 아버지의 모습은 아름다운 추억조차 훼손시킬 우려가 있었다. 아버지는 더 이상 컴퓨터 앞에 앉지 않았으며 휴대폰도 사용하지 않았다. 아버지에게 여자는 이제 지나간 여자처럼 보였다.

여자는 아버지의 치매에 대해 알고 있을까? 모른다면 아버지에 대해 많은 오해를 하고 있을 지도 몰랐다. 나는 여자가 상처받기를 원치 않는다. 아버지의 여자니까. 엄마를 생각하면 벼락이라도 맞아야 마땅하겠지만 엄마는 몽고 여자를 크게 신경 쓰지 않았다. 몽고에 있는데 뭘 어쩌겠어, 그렇게 생각하는 것 같았다. 엄마는 답답할 정도로 눈치가 없어 그 덕에 아버지는 쉽게 바람을 필 수 있었다. 엄마가 아버지를 사랑하지 않았냐면 그건 아니다. 내가 아는 한 엄마에게 남자는 아버지 한 사람이며 가당찮게도 아버지도 그럴 거라 믿었다. 아니, 사랑이라는 표현은 엄마에게는 맞지 않다. 엄마는 그저 교양으로 무장하여 아버지의 자리를 견고하게 지켜주는 사모님, 그 이상도 이하도 아니었다. 엄마의 음식은 늘 밍밍했으며 머리 스타일은 평생 중단발을 고수했다. 아버지는 그런 엄마를 굳이 고쳐서 쓰려고 하지 않았다. 아버지에겐 몽고 여자가 있었으니까.

# 3

 다음 날, 몽고 여자가 호텔로 나를 데리러 왔다. 한국에서 산 옷인 듯 한국 의류 로고가 찍힌 편한 일상복 차림이었다. 어젯밤 짐을 부리듯 버리고 갔던 게 생각나서 여자에 대한 마음이 좋지 않았으나 얼굴을 보자 금세 풀렸다. 어제 봤다고 반가운 마음도 들었다. 여자는 내게 잘 잤는지 불편한 건 없었는지 묻지 않았다. 아버지는 대체 이 여자를 왜 사랑했을까.

 호텔 밖으로 나오니 어제 여자가 타고 왔던 자동차 운전석에서 젊은 남자가 내렸다. 아들이라고 했다. 장거리 운전 때문에 데려왔다고 했다. 여자에게 아들이 있을 거라는 생각은 미처 하지 못했다. 아버지는 자식이 넷이나 있는데 왜 여자에겐 자식이 있을 거란 생각을 못했을까. 그런데 그 아들에게 약간의 장애가 있었다. 윗입술이 세로로 갈라진, 쉽게 말해 언청이였다. 자세히 보면 눈매도 시원하고 콧날도 반듯해 입술만 괜찮았다면 미남 소리를 들을 청년인데 안됐다는 생각이 들었다.

여자는 다짜고짜 초원으로 방향을 잡았다. 호텔을 벗어나는 동안 한국 자동차가 자주 눈에 띄었다. 몽골에서는 한국 자동차가 꽤 인기라고 했다. 괜히 으쓱했다. 도시를 벗어나자 초원이 나왔다. 몽고는 가도 가도 초원이었다. 가다가 만나는 건 그저 양떼와 말들뿐이었다. 저 말들은 어디서 와서 어디로 가는 걸까. 이정표 없이도 이탈 없이 무리지어 다니는 게 신기했다. 동물들에게도 나름의 질서가 있어 보였다. 가끔 유목민도 눈에 띄었는데 이 허허벌판에서 생명을 유지해가는 게 그저 놀라웠다.

나는 잠시 몽골의 초원에 넋을 빼앗겼다. 대자연을 보고 있으니 그저 말문이 막혔다. 내 가슴속에서 들끓던 모든 상념들이 그저 하찮고 부질없게 느껴졌다. 이런데 와서 살면 바뀔 수 있을까? 문득 살아보고 싶은 충동이 일었다. 내겐 한국어 교원 자격증이 있으니 찾으면 방법이 없지는 않을 것 같았다. 그런데 몽골은 너무 추웠다. 나는 추위에 아주 취약

했다. 찬바람이 불면서 시작한 기침은 긴 겨울 동안 이어지다가 다음 해 봄이 와야 멎었다. 몽고에서 살면 1년 내내 기침을 달고 살아야 할 것이다. 그리고 내겐 치매에 걸린 아버지가 있었다. 아버지를 두고 떠날 수가 없다. 5년간 사랑을 키워 온 현석은 어쩌는가? 아, 나는 결코 아무 짓도 할 수 없을 것이다. 나는 어떤 일을 결정하려고 할 때 늘 하면 안 되는 이유부터 찾았다.

얼마를 달려왔을까, 아무것도 없을 것 같은 허허벌판에 목조로 지은 집 한 채와 게르가 나왔다. 여자는 그곳에 차를 세웠다. 우리가 머무를 곳이라고 했다.

여자가 몽골말로 아들에게 뭐라고 하자 아들이 목조건물 안으로 들어가 열쇠를 받아 가지고 나왔다. 여자는 열쇠를 받아 들고 나를 게르로 안내했다. 잘 아는 곳인 듯 행동에 스스럼이 없었다.

"은수씨는 이쪽 침대를 쓰는 게 좋겠어요. 피곤할 텐데 좀 쉬어요."

여자가 나가고 잠시 후 뚱뚱한 몽골 여자가 담요 두벌을 챙겨 들고 와 침대 머리맡에 두고 갔다. 물이 귀해 세탁은 꿈도 꿀 수 없는지 담요 군데군데

아버지의 여자

얼룩이 묻어있었다.

다시 들어온 여자가 나를 식당으로 안내했다. 둥근 식탁엔 금방 갓 잡은 양고기가 김을 펄펄 내며 양은 쟁반에 놓여 있었다. 식당 창문으로 금방 껍질을 벗긴 양가죽이 두 장대 사이에 빨래처럼 널려 있는 게 보였다. 앞으로 놀랄 일이 많을 텐데 이런 일로 벌써부터 놀라면 안 된다고 마음을 다잡아 먹었다.

"식기 전에 어서 먹어요."

여자가 고기를 뜯어 내 접시에 올려주었다. 태어나서 처음 먹어 보는 양고기 앞에서 나는 잔뜩 주눅이 들어 있었다. 옆 테이블에선 아들이 배가 고팠는지 허겁지겁 양고기를 뜯었다. 안 그런 척해 주려고 해도 자꾸만 그의 장애가 신경이 쓰였다. 고기를 뜯고 있어 인중 위의 흉터가 더 도드라져 보였다. 나는 마지못해 고기를 한 점 집어먹었다. 의외로 고기는 부드럽고 맛있었다. 지금 먹지 않는다면 빈속으로 밤을 맞아야 할 것 같아 눈 딱 감고 몇 점 더 집어먹었다. 여자는 별 식욕이 없는지 감자만 몇 개 먹더니 자리를 떴다.

식당을 나오니 먼저 식사를 마치고 나온 아들이 마당에 불을 놓고 있었다. 내가 다가가자 엷게 웃었다. 한국말을 전혀 할 줄 모르는 그는 내내 모르쇠로 일관 했었다. 장애 때문인지 나와는 얼굴을 잘 마주치려고 하지 않았다. 여자가 아들에게 나를 뭐라고 설명했을지 궁금했다. 아들이 오해하지 않도록 최대한 포장해서 얘기했을 것이다. 이해받고 싶었을 테니까. 그러나 내가 자기 엄마와 사랑에 빠졌던 불륜남의 자식인 건 변함없는 팩트이다. 한국에서 알고 지냈던 지인 정도로 꾸며서 얘기하지 않은 한 내 존재가 아름답게 다가올 리 없다. 불륜을 이해하기에 그는 아직 너무 젊다. 내 뒤를 따라 나온 여자가 마른 소똥을 한 움큼 집어다가 불구덩이에 얹었다. 이곳은 나무가 귀해 소똥을 말려서 땔감으로 썼다. 불을 지피는 여자와 아들의 모습이 석양 아래서 조화로워 보였다. 그들에겐 왠지 설명이나 오해 같은 건 필요 없어 보였다. 나는 불꽃을 바라보다가 풀밭에 털썩 앉았다.

"함 교수님도 여길 다녀간 적이 있어요."

여자가 내 옆에 앉으며 말했다. 아, 그래, 아버지. 나는 잠시 아버지를 잊고 있었다. 몽고에 취해 이 여자가 아버지의 여자였다는 걸 잊고 있었다.

그래서 절 여기로 데려온 거군요. 추억 따위나 곱

씹으러. 하는 얘기가 목구멍까지 올라왔으나 내뱉지는 못했다. 이상하게 이 여자 앞에서는 자꾸만 공손해졌다.

"아버지가 왜 좋았어요?"

나는 그 점이 정말 궁금했다. 내가 바라보는 아버지와 남이 바라보는 아버지는 어떻게 다른지.

"무장해제 되는 느낌? 함 교수님하고 있으면 그냥 편하고 좋았어요."

나는 여자의 말이 무슨 말인지 알 것 같았다. 애쓰지 않아도 되는 사이라는 말일 것이다. 그건 노력을 안 해도 된다는 게 아니라 그냥 흘러가는 물처럼 노력조차 몸이 알아서 하게 만드는 그런 사이라는 말일 것이다. 아버지는 엄마와 살면서도 많은 노력을 했다. 엄마가 흐트려놓은 세간살이를 손수 정돈하고 아침저녁으로 가스 벨브를 확인하고 잠갔다. 와이셔츠를 손수 세탁소에 맡기고 맛없는 반찬을 꾸역꾸역 먹어주었다. 아버지는 그런 노력들을 아주 힘겹게 했다. 나는 여자를 만나는 아버지를 이해했다. 한 번뿐인 인생, 아버지도 행복할 권리가 있다.

여자가 꺼져가는 불씨 속으로 마른 나뭇가지와 한 무더기의 소똥을 더 얹었다. 여자는 그런 손놀림이 익숙했다. 나뭇가지로 옮겨붙은 불씨가 갑자기 거센 불길로 타올랐다. 눅눅하던 밤공기가 다시 뿌연 연기에 휩싸였다.

"함 교수님은 참 따뜻한 분이셨어요. 저 불처럼요."

나는 아버지에게 그런 면이 있었나, 생각해 보았다. 가족에게 하는 것과 여자에게 하는 건 좀 다른가 보았다. 아버지는 따뜻하다기보다는 간섭이 많은 분이었다. 일일이 참견하는 걸 아버지는 가족에 대한 사랑이라고 여겼겠지만 우리는 싫었다. 아버지는 신학기가 되면 딸들을 데리고 다니며 옷과 학용품을 사주었는데 그것이 따뜻함으로 다가오기보다는 아버지가 신나서 하는 것처럼 보였다. 여자에게도 가족들에게 했던 것처럼 같이 밥을 먹고 구두를 사주고 했을 것이다. 같은 행위를 두고 입장 차이가 난다면 그건 누구 탓일까?

여자는 나와 함께 있으면서 모처럼 아버지에 대한 얘기를 많이 했다. 즐거운 추억을 끄집어낼 땐 어린아이처럼 맑게 웃다가도 힘든 일을 회상할 땐 시무룩한 표정을 지었다. 여자의 사랑엔 희노애락이 모두 배어 있었다. 추억할 게 많은 여자가 나는 부러웠다. 그 추억이 지금도 살아 있어 여자에게 아버지는 아직 현재형처럼 보였다. 나쁘지 않았다. 죽을 때까지 누군가에게 추억이 되는 따뜻한 존재로 남아있을 수 있다는 것. 그게 내 아버지라서 더 다행이었다.

"아버지가 좀 아파요."

나는 아버지에게 치매가 온 걸 얘기해야 한다고 생각했다.

"알아요."

"어떻게?"

"아버지가 알려줬어요. 점점 병들어가고 있다고요. 그래서 앞으로 메일을 못 보낼지도 모른다고. 메일이 안 오더라도 서운해 하지 말라고."

그 말을 하며 여자가 내 손을 잡았다. 따뜻한 손의 온기가 몸까지 전해졌다. 세상은 아버지와 여자를 향해 불륜이란 잣대를 들이댔지만 이 여자로 인해 아버지의 인생이 얼마나 풍요로웠을지 더 이상 말하지 않아도 알 것 같았다. 이런 지극함을 제도 때문에 포기하라는 게 말이 되는가.

내 사랑이 떠올랐다. 생각만으로도 답답해지고 도무지 답을 찾을 수 없는 사랑. 여자처럼 사랑했다면 현석도 좋아했을까? 나는 매일 그를 끊어내지 못해 안달이었다. 몽고행을 결정하기 전, 그를 만났던 마지막 날에도 나는 그를 괴롭히는 데만 열중했다.

# 4

"어디니?"

현석은 전화하면서 늘 내가 어디에 있는지부터 물었다. 아버지가 아프면서 강릉에 가 있는 날이 많아지자 생긴 버릇이다.

"집."

서울의 내 집으로 막 돌아온 직후였다. 아버지가 이사 후 치매가 부쩍 더 심해져서 강릉에 꽤나 오래 머물렀다가 돌아왔다. 현석에게 바로 전화를 할까 하다가 내게도 잠시 혼자만의 휴식이 필요해서 미루고 있던 차였다.

"집이라고? 어디 집?"

"서울 집."

"올라온 거야?"

"어."

"근데 왜 얘기 안 했니?"

"좀 있다 하려고 했어."

"미리 말을 했었어야지. 금방 갈게."

아니, 오늘은 됐고 내일 와. 이 말이 하고 싶었는데 나오지 않았다. 반가움이, 그리움이 벌써 문턱을 넘어서고 있었다. 정말 혼자만의 시간을 원했다면 아직 강릉이라고 얘기했으면 간단했다.

나는 베란다 창을 열고 묵은 공기부터 털어냈다. 사람이 살지 않았던 집은 손 갈 게 많았다. 나는 강릉을 가기 전 모든 걸 비우고 갔었다. 냉장고도 비우고 쓰레기통도 비웠다. 이제부터 다시 채워갈 것이다.

물뿌리개에 물을 받아 베란다 화분에 물을 주었다. 물뿌리개가 성에 차지 않아 호수를 끌어다가 넘치도록 주었다. 한 달이나 굶주리고도 살아있는 게 신기했다. 아직 살아 있어 준 게 고마웠다. 전엔 내가 없을 때 현석이 한 번씩 와서 화분에 물을 주고 갔다. 그런데 화분에 물을 주러 혼자 오는 게 아니라 동행이 있다는 걸 안 이후 더 이상 그에게 화분을 부탁하지 않았다. 산세베리아 녹보수 인삼 벤자민은 물 없이도 잘 살아 있었다. 내 집의 화초들은 나와 살며 물 없이 사는 법도 터득한 것 같았다.

배가 고팠다. 라면이나 먹으려는데 현석이 걸렸다. 그를 기다려야 하나. 그러나 언제 올지 몰랐다. 그의 금방은 1시간, 어떨 땐 3시간, 때론 하루가 걸리기도 했다. 나는 냄비에 물을 받아 가스렌지에 올리고 불을 켰다. 오래 정지되어 있던 렌지는 불을 끌어올리는데 한참이나 걸렸다. 라면 두 개를 들고 망설이다가 한 개를 넣었다. 이제 그를 위한 배려는 싫증이 났다.

라면이 익어갈 때쯤 그가 왔다. 그는 먹을 복이 없는 편에 속했다.

"웬 라면 냄새야?"

"배가 고파서."

"내가 금방 안 오면 어쩌려고?"

"나 혼자 먹을 건데 뭘."

"혼자 먹는다고?"

"어."

"그럼 난?"

"아직 점심 안 먹었어? 세 시가 넘었는데?"

"점심이 뭐야, 아침도 못 먹었어."

현석이 라면 냄비를 끌어다가 식탁에 앉아 먹기

시작했다.

"넌 안 먹어? 배고프다며?"

"난 됐어."

그를 보고 있으니 있던 입맛도 사라졌다.

"그러게 두 개를 끓이지. 너도 참."

현석이 젓가락을 놓으며 나보고도 먹으라며 내 손을 끌어다 식탁에 앉혔다. 나는 못이기는 채 앉아 라면을 한 젓가락 떴다.

"우리 그만 만나자."

나는 이제 정말 그와의 관계를 끝내고 싶었다.

"내가 라면 뺏어 먹어서 그래?"

"내가 라면 때문에 이러는 걸로 보여?"

"그럼 그런 얘기를 한 달 만에 만나서 라면 먹으면서 하니?"

"넌 내가 한 달 동안 어디서 뭘 하다가 온 지는 알고 있니?"

"강릉 갔다 온 거 아니었어? 그런데 그런 걸 알아야 해?"

그는 참 편한 뇌의 구조를 가졌다. 나는 그에 대해 모든 걸 알아야 하는데 그는 나에 대해 알고 싶어 하지 않았다. 나는 가끔 현석이 나의 가족이 모두 몇 명인지, 어느 대학을 나왔는지, 심지어 나이는 몇 살인지 알고 있는지 궁금할 때가 있었다. 그는 나를 만나면서 한 번도 그런 걸 물어본 적이 없었다. 그래서 그와 함께 있으면 다른 세상에 와 있는 듯한 착각이 들기도 했다. 내 머릿속을 가득 채우고 있는 아픈 아버지도 그와 함께 있으면 잠깐씩 잊었다.

"이제 그만 만나자고!"

나는 목소리 톤을 조금 높였다.

"너 그 얘기 벌써 서른 번째다. 라면이나 먹어."

현석은 내 말을 귓등으로 들었다. 오늘도 헤어지는 일은 어려워 보였다. 그동안 사실 이런 가벼움이 좋아서 그를 만났다. 라면 한 개를 나누어 먹고, 오래된 영화를 돌려보며 시시덕거리고, 함께 자전거를 타는 게 즐거워서 그를 만났다. 그땐 그냥 사는 게 별거 아니구나. 남자랑도 이러고 살면 되지 뭐 별건가, 했다. 그런데 같은 짓을 5년이나 했더니 싫증이 났다. 나는 레스토랑도 가고 싶고 자가용도 타고 싶은데 그는 도무지 변할 줄 몰랐다. 왜 여자들이 돈을 쫓아가는지, 나도 별 수 없는 속물이구나, 하는 생각을 현석을 만나면서 수없이 했다. 현석이 영화판을 떠나지 않는 한 미래는 없었다. 그는 나도 알아먹을 수 없는 영화를 만들었다. 도무지 그런 영화를 왜 만드는지 알 수가 없었다. 그는 지금까지 두 편의 영화를 만들었는데 아니 할 말로 두 편 다 말아먹었다. 한 편은 일주일도 못 되어 막을 내리고 또 한 편은 간판도 못 내걸었다. 사정이 그렇다 보니 제작비 지원은커녕 이젠 아무도 그를 주목하지 않았다. 그런 그가 안 되어 보였는지 어떤 평론가는 그의 영화가 사후에나 주목 받을 수 있겠다고 했고, 또 어떤 평론가는 한술 더 떠서 사후 50년이나 지나야 제대로 평가받을 수 있겠다고 했는데 요즘같이 하루가 급변하는 세상에 사후 50년 뒤를 운운하다니 같이 미치지 않고서야 그럴 수는 없었다.

"나 가봐야 해."

현석이 젓가락을 놓으며 식탁에서 일어났다.

"뭐? 간다고?"

금방 헤어지자고 해놓고 간다는 그의 말에 발끈하는 내가 우스웠다.

"응. 요즘 지방에서 촬영 중인데 일이 있어서 잠깐 올라온 거야. 마침 니가 있어서 보러 왔던 거고."

나는 그의 말을 그대로 믿고 싶었다. 늘 의혹을

아버지의 여자

거두어낼 수 없었던 지방 촬영도 왠지 지금만큼은 믿어주고 싶었다. 누가 뭐래도 그는 지금 나를 보러 달려오지 않았는가. 그도 사람인데 내가 모르는 순정이라는 게 있지 않을까. 5년을 만나고도 참 모르는 게 사람이었다. 그렇게 온 그를 나는 내내 괴롭히는 데만 몰두했다. 내 라면을 뺏어 먹는다고, 헤어지자고. 나는 내가 그를 봐 주고 있다고 생각했지만 그는 나보다 더 나를 봐주고 있는지도 몰랐다. 왠지 그는 내가 없어도 잘 살 수 있을 것 같았다. 어쩌면 그를 붙잡고 있는 건 나일지도 몰랐다. 그가 없었다면 지난 5년을 어떻게 견디며 살아왔을지 생각만 해도 막막했다. 직업도 없이, 돈도 없이, 희망도 없이. 그게 난데, 그는 이런 나를 참아주고 옆에 있어주었다.

"갈 거면 라면이나 마저 먹고 가."

그런 그에게 지금 내가 해줄 수 있는 최대한의 배려가 라면 먹고 가, 였다.

"됐어. 너도 먹어야지."

그도 나를 배려하고 있었다. 그래서 나는 방금 가졌던 그에 대한 고마운 감정을 더 견고히 다졌다.

그때 그의 휴대폰으로 카톡이 왔다. 그가 무심하

게 반응했다. 아니, 무심한 척했다.

"카톡 왔잖아, 안 봐?"

애써 다지려 했던 견고함이 또 무너지려는 찰나다.

"별 거 아냐. 안 봐도 돼."

그는 그렇게 얘기했지만 왠지 그가 지금 가야 하는 이유가 그 카톡 때문인 것만 같았다. 카톡의 발신인이 여자일 거라는 예감도 거의 동시에 들었다. 그와는 안 되는 거였다. 사랑이, 노력이. 조금 전 그를 향해 순정이니 연민이니 했던 게 무색해졌다. 그런 감정이 단 몇 분만이라도 유지되어 주었더라면 좋았을 걸. 다시 원점이었다.

"어서 가봐. 늦겠다."

나는 그를 순순히 보내주었다.

현석을 보내고 나는 그가 먹다가 남긴 불어터진 라면을 마저 먹었다. 이러고 갈 거면 오지나 말지. 이러고 가면 뭐가 좀 나은가? 그는 자기 할 일을 해서 좋은지 몰라도 나는 아니었다. 그가 다녀가고 나면 그가 남기고 간 감정의 찌꺼기들을 수습하느라 내 기분은 엉망이 되었다.

티브이를 켰다. 한 달 동안 정지되어 있던 인터넷이며 와이파이가 제 기능을 찾느라 한참을 버벅

아버지의 여자     105

거렸다. 나는 티브이 볼륨을 높여놓고 걸레를 빨아와 그동안 쌓인 먼지를 닦았다. 왠지 이젠 그가 오지 않을 거라는 생각이 들었다. 내가 누군가를 사랑할 그릇이 못 된다는 걸 그도 알았을 테니. 우리의 이별에 절차 따윈 필요 없었다. 연락이 없으면 그게 곧 이별이었다. 언제고 올 이별이 온 것뿐인데 끝이라고 생각하니 헛헛했다. 사람이 들고 난 자리는 아팠다. 난 한 번도 이렇게 아픈데 아버지는 어쩌자고 그 많은 여자들과 사랑하고 이별을 했을까.

# 5

아버지에게는 몽고 여자 말고도 여자가 한 명 더 있었다. 속초 여자. 속초 여자는 몽고 여자와 메일 주고받기가 소원해질 때쯤, 아버지의 기억이 조금씩 아주 조금씩 사라지기 시작할 때쯤 만났다. 아버지에겐 마지막 여자였을 것이다. 아버지는 치밀해서 만나는 여자를 들키지 않았다. 속초 여자가 수면 위로 떠오른 건 치매로 경계가 느슨해졌기 때문이다.

아버지는 속초 여자를 서울 가는 고속버스 안에서 만났다고 했다. 그런 만남은 영화나 드라마에서나 나오는 건 줄 알았는데 현실에서도 가능한 일인가 보았다. 나는 서울 강릉을 오가는 고속버스를 수도 없이 탔으나 그 비슷한 어떤 일도 일어나지 않았다. 연애는 정말 아무나 하는 게 아닌 게 맞다.

속초 여자는 노처녀였다. 이번에도 역시나 아버

지는 아무 관계 아니라고, 알고 보니 제자였다고, 제자라고 하면 모든 만남이 용서되는 것처럼 말했지만 엄마는 제자이기 때문에 더 나쁜 거라고 자분자분 타일렀다. 그런 강도의 타이름이 사랑에 빠진 남자에게 먹힐 리가 없었다. 아버지는 그 여자를 만나면서 연애에 새로운 눈을 떴을 것이다. 그 여자와의 사랑을 유지하기 위해 아버지는 많은 돈을 썼다. 치매에 걸리고도 그 여자와 사랑을 이어가기 위해 숱하게 돈을 뿌렸다. 아침에 백만 원짜리 수표를 넣어가지고 나갔던 아버지는 빈 지갑으로 돌아왔고 난데없는 의류상가와 전자제품이 찍힌 고액의 카드대금 청구서가 수시로 날라들었다. 엄마는 우편물에 무심했고 오빠들은 그 일을 묵인해주었다. 사랑을 하려면 값을 치러야 한다고 생각했고 언뜻언뜻 정신이 돌아오는 아버지가 말린다고 들을 사람도 아니었다. 그런데 정말로 참을 수 없는 일이 터졌다. 속초 여자가 아버지 돈 수천만 원을 꿀꺽하려고 했던 것이다. 예금이 만기가 되면 은행에서 연락이 온다. 그 전화를 엄마가 받았다. 다음 날 엄마가 아버지를 모시고 은행에 갔을 땐 이미 늦었다. 어제 사모님과 같이 오셔서 찾아갔는데요. 은행 직원이

또박또박 말했다. 사모님이라뇨? 무슨 사모님? 사모님은 난데? 상황을 직감한 은행 직원이 돈을 찾아간 속초 여자의 이름과 이체한 은행을 알려주었다. 엄마는 작은오빠에게 전화를 걸었다. 작은오빠가 아니면 해결할 수 없는 일이었다. 작은오빠가 씩씩거리며 속초 여자의 집을 찾아갔다. 여자는 머리를 곱게 빗어 올리고 손톱에 메니큐어를 바르고 있었다. 작은오빠가 여자의 화장대를 발로 찼다. 화장품 병들이 와르르 무너졌다. 장식장을 툭툭 건드리니 그 안에 있던 예수상과 십자가가 바닥으로 떨어져 굴렀다. 당신 예수 믿나보네, 나 참 꼴사나워서. 속초 여자가 무릎을 꿇고 싹싹 빌었다. 작은오빠는 속초 여자를 앞세워 은행으로 가서 그 돈을 되찾아왔다. 그리고 그 다음날로 작은오빠는 아버지가 거래하는 모든 은행에 가서 아버지를 금치산자로 신고했다.

그 이후로 더 이상 속초 여자가 쓴 카드대금 청구서 따위는 날아들지 않았다. 작은오빠는 여자를 만나러 갈 때 그동안 차곡차곡 모아두었던 카드대금 청구서를 함께 가지고 가서 그 여자의 낯짝을 향해 집어던지며 더 이상 아버지의 카드에 손을 댄다면 치매 노인네를 상대로 사기를 친 죄로 사회생활을 못하도록 매장시켜버리겠다고 엄포를 놓았다. 그 겁박은 통했다. 은행 일로 머리를 싸매고 누웠던 엄마는 작은오빠가 그 일을 단칼에 해결하자 자식 키운 보람을 느끼며 흐뭇해했다. 그 일을 겪고 나서 오빠들은 아버지의 카드를 모두 몰수했다. 자동차도 처분했다. 아버지는 자동차를 몰고 나가 이틀에 한 번씩 사고를 쳤다. 하루는 후진하다가 외제차를 긁었고 어떤 날은 알 수 없는 곳에서 길을 잃고 헤매는 것을 오빠들이 가서 모셔왔다. 그러나 아버지는 당신의 치매를 인정하지 않았다. 작은오빠가 속초 여자에게 다녀온 일을 알고 나서는 길길이 날뛰었다. 그 벼락을 작은오빠는 고스란히 맞았다.

아버지의 카드도 자동차도 없어지자 속초 여자는 종적을 감추었다. 속초 여자가 아버지의 연락을 받지 않자 화가 난 아버지는 속초 여자가 살던 집을 부동산에 내놓고 살림살이를 뺐다. 그 일을 처리할 때 아버지는 그 어느 때보다 정신이 맑아 보였다. 눈빛도 또렷했다. 아버지는 용달차를 몰고 가서 값나가는 냉장고와 티브이 등을 싣고 와 우리 집 골방에 처박았다. 거뭇거뭇 때가 타기 시작하자 큰오빠가 그것들을 인터넷 중고 시장에 내놓았다. 헐값에 내놓자 그것들은 금방 팔렸다. 아버지의 끝 사랑도 막을 내렸다.

# 6

 게르 옆에서 계속 불을 피우던 아들이 피곤한지 하품을 했다. 하루 종일 여자와 내 옆에서 알아들을 수 없는 소음에 시달렸으니 지루하기도 했을 것이다. 내가 그만 들어가자고 했다. 여자가 몽골말로 뭐라고 하자 아들이 기다렸다는 듯 흙을 덮어 남아 있는 불씨를 껐다. 불씨가 사그라들자 사방 천지가 칠흑으로 덮였다. 어둠이 깊으니 밤하늘의 별들이 더 빛났다. 서울에서는 별을 보기가 쉽지 않은데 여기서는 손만 뻗으면 잡힐 듯 무수한 별들이 머리 위에서 반짝거렸다. 이 동화 같은 별빛 아래서 나는 아버지와 여자의 사랑이 영원하길 빌었다. 아버지에게도 사랑다운 사랑이 하나쯤은 있어야 하니까.

 몽골의 밤은 추웠다. 몇 줌의 소똥으로 싸늘해진 게르 안을 덥히는 데는 한계가 있었다. 나는 한 시간 간격으로 난로에 소똥을 집어넣다가 깜빡 잠이 들었다. 부스럭거리는 소리에 깨어보니 아들이 우리 게르로 와서 불 꺼진 난로에 불을 피우고 있었다. 참 반듯하고 따뜻한 청년이구나, 가슴에서 뭉클한 것이 올라오는데 나는 아들이 잠을 깨웠다고 무안해할까 봐 계속 자는 척을 했다.

난로를 피웠는데도 새벽 한기를 누르기엔 모자랐다. 나는 캐리어에서 내복과 파카를 꺼내어 껴입었다. 그러나 다시 잠들기는 틀려 보였다. 천장으로 어느새 푸르스름한 빛이 스며들고 있었다. 여자는 이런 환경에 익숙한지 쌔근쌔근 잘도 잤다. 화장실을 갈 일이 걱정이었다. 여자를 깨워야 하나? 몽고는 불편한 것 투성이었다. 화장실 하나 혼자 해결 못하면서 나는 언감생심 몽골에서의 삶을 꿈꿔 보았다. 그러나 불편한 건 익숙해지면 사라진다. 서울은 모든 게 갖추어져 있어도 편하지 않았다.

아버지와 함께 오시 않은 게 다행이었다. 이 모든 불편함들을 감수하기에 아버지는 너무 늙고 병들었다. 젊었을 때야 아버지도 이런 과정을 다 겪었을 것이다. 더 한 것도 즐거움일 때가 있었을 것이다. 여자와 함께였으니까. 나는 몽고 여행을 계획하면서 아버지와의 동반 여행을 잠시 꿈꾸었었다. 치매가 깊어지면 여행 자체가 불가능할 것이었다. 조금이라도 기억이 남아있을 때 아버지와의 추억을 만들어야 한다고 생각했다. 그런데 내 이기심이 막았다. 나는 지금 나를 위한 여행이 필요했다. 치매인 아버지를 모시고 나서는 여행길은 보지 않아도 뻔했다. 몽고는 아버지가 원 없이 다녀본 곳이었다. 그 이유가 나를 해방시켜 주었다. 나는 다시 담요를 뒤집어썼다. 자려고 했으나 더 이상 잠은 올 것 같지 않았다. 나는 이번 여행에 아버지와 함께 하지 못한 부채감을 떨쳐버리기 위해 아버지와의 여행에 대한 추억을 끌어올리려고 애썼다. 어릴 적 기억 하나가 올라왔다.

초등학교에 입학하던 해였을 것이다. 새집을 장만한 고모 집들이에 아버지가 초대되었다. 아버지는 자식들 중에서 한 명을 데리고 갈 작정이었다. 나는 아예 기대를 안 했다. 큰오빠처럼 장남이거나, 언니처럼 공부를 잘하거나, 작은오빠처럼 말썽을 피우거나 하지 않았기 때문에 아버지의 주목을 받지 못했다. 나는 내가 생각해도 정말 그저 그랬기 때문에 아버지의 사랑이 오빠 언니에게 쏠려 있다 해서 그걸 질투하거나 서운해 하지 않았다. 그런 내 사정을 잘 아는 엄마가 1박 2일로 고모 집을 방문하러 가는 아버지 손에 나를 딸려 보냈다. 고모 집은 기차를 타고 장시간 가야 하는 먼 곳이었다. 아버지는 친척들이 많이 모이는 고모 집 집들이에 으레 똑똑하고 다부진 언니를 데려갈 생각이었다. 아버지는 일가친척들이 당신 자식에 대한 찬사를 아끼지 않을 때 매우 흐뭇해하며 좋아했다. 그런데 그날 엄마는 내 머리를 양 갈래로 곱게 묶고 레이스가 달린 예쁜 원피스를 입혀서 이번 여행엔 나를 데려가야 한다고 우겼다. 뜨악해하던 아버지가 하는 수 없이 내 손을 잡고 집을 나섰다. 그게 내가 태어나서 아버지와 단둘이 한 첫 여행이었다. 기차를 타고 가는 동안 아버지는 내게 잘해주었다. 사이다와 빵도 사 주고 말도 다정스레 해주었다. 아버지의 친절을 기대하지 않았던 나는 당황스러웠지만 속으론 좋았다. 아버지가 나를 사랑하지 않는 게 아니구나. 그런데 거기까지였다. 고모 집에서 아버지의 기대를 충족시켜주지 못했던 탓에 나는 내내 주눅이 들어있었고 그래서 그랬는가 아버지는 오는 길엔 사이다도 안 사 주고 내내 잠만 잤다. 고모 집에 모인 일가친척들은 저녁을 잘 먹고 느닷없이 아이들의 노래자랑 시간을 마련했다. 내 또래 사촌들은 제각기 솜씨를 뽐내어 어른들의 큰 박수를 받았다. 내 차례가 왔을 때 나는 노래를 하지 못했다. 준비된 노래가 아무 것도 없었고 그렇게 많은 사람들 앞에서 노래를 불러본 적이 없었기 때문에 어찌할 바를 모르고 쩔쩔맸다. 등에선 식은땀이 흐르고 얼굴은 벌겋게 달아올라 귀까지 빨개졌다. 만일 언니였다면 춤까지 추며 멋지게 최신 유행가를 뽑아 아버지를 으쓱하게 해주었을 것이다. 언니는 누가 누가 잘하나 같은 노래자랑에 나가서 상까지 받은 적이 있으며 가족들이 모인 자리에서 아버지는 걸핏하면 언니에게 노래를 시켜 언니는 단련이 되어 있었다. 더구나 어린 것이 눈치가 빤해 사람들이 자기 노래를 듣고 환호한다는 걸 알고 언니는 더 열심히 더 잘 부르려고 애썼다. 그러니 고모 집에 모였던 일가친척들은 한결같이 언니와 나를 비교하며 대놓고 비웃었다. 은서 자는 다리 밑에서 주서 왔나 어째 은숙이랑 달라도 저래 다르나. 아무데서나 눈치 없이 말하기로 유명한 고모는 이번에도 예외 없이 나서서 그 자리를 썰렁하게 했다. 그 말이 평소 아버지에게 유감이 많은 고모의 공격성 말이라는 걸 모르는 사람이 없기 때문에 별것 아닌 아이들 노래 자랑으로 분위기는 완전히 망가졌다. 아버지는 고모 집에서 그렇게 하룻밤을 자고 아침 일찍 나를 데리고 다시 돌아오는 기차를 탔다.

그게 아버지와 했던 처음이자 마지막 여행이었다. 그때 돌아오는 기차간에서 언니 대신 나를 보낸 엄마를 잠시 원망했었으나 그마저도 없었으면 나는 아버지와의 여행에 얽힌 추억이 하나도 없을 뻔했다. 살아보니 아버지와 단둘이 하는 여행은 마음처럼 쉽지 않았다. 아마 언니도 없었던 것으로 기억된다.

그 여행을 내게 빼앗겼던 언니는 요즘 밸리 댄스에 푹 빠져 지낸다. 언니는 춤에 반해서 반짝이가 달린 짧은 치마를 입고 단오장에서 공연도 했다. 박사 공부까지 시켜놨더니 오전엔 문화센터에 가서 오카리나를 불고 오후엔 학원에 가서 댄스를 췄다. 언니의 그 어떤 모습에서도 전교 1등의 흔적은 없다. 언니는 이제 더 이상 공부가 싫다고 했다. 활자라면 진저리가 난다고 했다. 언니는 책이 아닌 문화센터에서 신세계를 찾은 듯했다. 그러나 언니는 아버지 살아생전에 해야 할 효도를 다했다. 십대엔 빛나는 성적표로, 어른이 되어서는 박사 학위로. 더 이상 무슨 효도가 필요한가.

내 성적표에 도장을 찍어주던 아버지의 표정은 어두웠으며 아버지가 권유한 교사의 길도 마다하자 아예 입을 닫았다. 그땐 훗날에 뭐라도 되어있을 줄 알았다. 그래서 내가 옳았다고 말할 수 있는 날이 올 줄 알았다. 그러나 나는 아무것도 되지 못했고 죄송하다고 말하려 해도 아버지는 치매로 내 사과를 받지 못한다.

20년 전쯤으로 기억되는데, 그때의 불편한 심경을 담아 아버지에게 편지를 쓴 적이 있었다. 그 편지가 세월이 흘러 우연히 아버지의 책장에서 발견되었는데 당시엔 자못 심각했었으나 작은오빠는 그 편지가 우스웠는지 두고두고 나를 놀려먹는 도구로 써먹었다. 아버지 죄송해요,로 시작된 반성문 같은 편지는 내 20대의 자화상이었다. 그 편지의 전문을 옮겨본다.

아버지 죄송해요. 저도 아버지가 자랑스러워하는 자식이 되고 싶었는데 맨날 이런 모습만 보여

드려 정말 죄송합니다. 어렸을 때 고모가 저만 보면 다리 밑에서 주워왔다고 했는데 왜 그랬는지 알 것 같아요. 고모 눈에 제가 얼마나 모자라 보였으면 그 말을 달고 살았을까요. 저는 생긴 것도 부모님을 안 닮고 언니 오빠들처럼 공부도 못해서 한때는 정말로 다리 밑에서 주워온 자식이 아닌가 생각한 적도 있었답니다. 그 진실은 아버지만이 아시겠죠.

제가 부끄러움을 무릅쓰고 이렇게 편지를 쓰기로 한 건 제가 생각해도 참 한심하고 답답해서, 이런 저를 지켜보는 아버지 심정은 얼마나 더 쓰리고 막막할까, 편지로라도 사죄드리고 제 속마음을 전해드리고 싶어서 어렵게 용기를 냈습니다.

대학을 졸업하고 3년이 다 가도록 취직은커녕 방구석에서 밥만 축내고 있으니 아버지 보시기에 제가 얼마나 미련하고 한심해 보이겠어요. 그러나 보기엔 빈둥거리는 것 같아도 저도 나름대로 생각이 있습니다. 지금은 딱히 뭐라고 말씀드리기 곤란하지만 저도 다 계획이 있으니 그냥 지켜봐 주시고 기다려 주실 수는 없으신지요. 언니 오빠가 충분히 아버지 맘에 들게 살고 있으니 저 하나쯤 그냥 내버려두어도 괜찮지 않을까, 제 편한 대로 생각해봅니다. 이럴 땐 자식이 여럿인 게 참 다행이라는 생각이 듭니다.

아버지는 저에게 교사가 되라고 하셨지만 선생은 정말 제 체질이 아닙니다. 제가 누굴 가르칠 주제도 못 되고요. 한 번뿐인 인생인데 제가 좋아하지도 않는 일을 아버지의 강요로 마지못해 하고 있다면 과연 행복할까요? 그게 아버지가 진정 바라는 일일까요? 선생이 정 하기 싫으면 나이 더 먹기 전에 차라리 시집이라도 가라고 하셨지만 결혼은 어디 쉽나요. 지난번에 선을 봤던 그 변리사는 제가 맘에 안 드는지 연락이 없네요. 아버지 딸로 자존심은 좀 상하지만 저는 차라리 잘 되었다고 생각합니다. 저는 아직 결혼 생각이 없으니까요. 아버지도 그러셨잖아요. 남자가 벌어오는 돈으로 살림하려면 치사하고 눈치 보이니 여자도 당당하게 직업을 가져야 한다고요. 확실한 일만 있으면 까짓 결혼 같은 거 안 해도 된다고요. 저는 아버지 의견에 적극 찬성하며 그런 생각을 갖고 계신 아버지가 참 멋진 분이라고 생각합니다. 그러니 두 번 다시 저에게 선을 보라든가 하는 우스꽝

스런 강요는 하지 말았으면 합니다.

  그냥 두서없이 제 생각을 말씀드렸는데 제 마음이 얼마만큼 전달되었는지는 잘 모르겠네요. 엄마와 어제 통화할 때 아버지가 눈만 뜨면 제 걱정을 하신다고 하여 너무 걱정 마시라고 제 마음을 좀 적어보았습니다. 추석 때 내려가서 뵙겠습니다.

                아버지의 못난 막내 딸 은서 드림


  아버지가 지금 정신만 온전하다면 이 편지를 증거물로 나를 몰아세울 수도 있었다. 살아보니 어때? 세상은 생각처럼 호락호락하지 않지?, 하고. 나도 가끔은 아버지가 옳았던 건 아니었을까, 생각한다. 교사의 길을 가야 했던 건 아니었는지. 변리사에게 시집을 가서 자식을 낳고 살아야 했던 건 아니었는지. 아버지가 휘두르는 대로 살아준 큰오빠와 언니가 대형 아파트와 고급 승용차를 보유하고 살고 있는 걸 보면 문득문득 그런 생각이 든다. 그러나 나는 그때로 다시 돌아간다 해도 같은 선택을 할 것이다. 변리사가 뭔지도 모른 채 얼굴만 허여멀건 그 남자와 살을 맞대고 살 수는 없으며, 아버지가 꽂아

아버지의 여자

준 그 자리에서 국어 선생님으로 살았더라면 돈 주고도 못 살 그 많은 방황과 좌절들을 맛보지 못했을 테니.

아버지의 뜻과 어긋나게 살아 소형 아파트와 경차를 못 면하고 있는 또 한 사람이 작은오빠다. 작은오빠는 아버지의 권유대로 교사는 되었으나 아버지가 소개한 초등학교 교사를 마다하고 무직인 농부의 딸과 결혼해서 아버지의 눈 밖에 났다. 나는 그런 작은오빠를 지지한다. 그랬던 작은오빠도 나처럼 아버지에게 편지를 쓴 적이 있었다. 작은오빠가 이런 편지를 썼다는 것 자체가 내겐 새롭고 신기했다. 작은오빠의 편지는 부모님께,로 시작되었는데 그 편지는 두 번 접혀서 부치지 않은 채 오빠의 다이어리에서 발견되었다. 내용은 나와 크게 다를 바 없는, 부족한 자식이라 죄송하며 앞으로 잘하고 살겠다는 뭐 그런 것이었는데, 나는 작은오빠가 생각 없이 사는 줄 알았는데 그 편지를 보고 나서 오빠도 생각이란 걸 하고 사는 사람이구나, 그때부터 달리 보는 계기가 되었다. 그런데 그 편지를 내가 오빠를 놀려먹는 도구로 쓰지 못한 건 오빠의 일기장 사이에서 발견했기 때문이다. 그 편지를 얘기하려면 오빠의 일기를 본 것이 들통나기 때문에 나는 선불리 발설을 하지 못했다. 이제 와서 우리가 혼돈의 시대를 살아온 고해성사 같은 일기가 부끄러울 건 없겠지만 그때 내가 오빠의 일기에서 본 것은 사뭇 충격적이어서 아직까지 혼자만 아는 비밀로 간직하고 있다.

작은오빠에게도 격동의 시기가 있었다. 자신이 하고 싶었던 미술공부를 하지 못하고 아버지가 강요한 사범대학을 다니고 있을 때 오빠는 한 여자를 사랑했었나 보았다. 오빠의 다이어리에는 온통 그 여자에 대한 얘기뿐이었다. 그때 나는 오빠의 일기에서 오빠가 숫총각이 아니라는 걸 알고 말할 수 없는 충격을 받았다. 더 놀랐던 건 오빠보다도 세 살이나 어린 그 여자 역시도 숫처녀가 아니며 숫처녀가 아닌 채 오빠를 버리고 다른 남자에게 시집을 가버렸다는 사실이었다. 이미 장성한 두 성인남녀가 숫처녀 숫총각이 아니라는 게 왜 나를 놀라게 했는지는 모르겠으나 나는 그 엄청난 사실 때문에 오빠의 부모님 전상서에 대한 얘기를 끝내 꺼내지 못했다. 그랬으니 그 편지를 왜 부치지 않고 가지고 있었는지도 물어볼 수 없었다. 작은오빠도 부모를 향

한 보편적 정서를 지니고 있는 사람이란 걸 확인하는 데서만 그쳤을 뿐. 작은오빠는 아버지를 많이 닮았다. 학문적 성향은 큰오빠가 가져가고 작은오빠는 기질을 물려받았다. 아버지는 따뜻한 사람이기보다는 뜨거운 사람이어서 그 불을 안고 살아갈 작은오빠가 나는 늘 애처로웠다. 오래된 내 편지 한 장이 참 많은 기억을 소환했다.

# 7

 게르에서 아침 식사로 양고기 국물과 감자와 당근 몇 조각이 나왔다. 나는 최악인데 그들은 이런 식사가 익숙한지 잘 먹었다. 나는 몽골에 있는 내내 식사가 맞지 않아 죽을 맛이었다. 기름진 음식이 들어가면 바로 설사를 했다. 몽고는 매 끼니가 고기와 고기 국물이었다. 물이 귀해 음료조차 낙타나 양젖으로 대신했다. 몽고는 안 되는 거였다.

 식당을 나오니 초원에 말 두 필이 준비되어 있었다. 몽골에서 말을 보는 건 아주 흔한 일이었다. 여자가 다가와 내게 말을 탈 것을 권했다. 나는 말을 한 번도 타본 적이 없었다.

 "어렵지 않아요. 마부가 다 알아서 해주니까 가만히 있기만 하면 돼요."

 정말 가만히 있었는데 말이 알아서 가주었다. 마

부가 끄는 대로 가는 말타기는 재미없었다. 그리고 무서웠다. 나는 내리고 싶다고 했다. 한국말로 했는데 마부가 알아듣고 내려주었다. 마부는 말 위에 있는 사람의 기분을 몸으로 감지하는 듯했다. 신기하면서도 내 마음을 들킨 것 같아 창피했다. 아버지도 말 타는 걸 좋아했다. 그래서 가끔 한국에서도 승마장을 찾았다. 몽골은 말타기를 좋아하는 아버지에겐 낙원이었을 것이다. 내 승마 경험은 그걸로 끝이었다.

내가 말에서 내려오자 여자가 다시 그 말을 타고 초원을 달렸다. 아들도 달렸다. 두 사람은 물 만난 고기 마냥 본색을 드러내며 말타기를 즐겼다. 몽골 사람들은 걸음마보다 말 타는 걸 먼저 배운다고 했다. 여자의 야생성이 낯설면서도 매력적으로 다가왔다. 아버지도 저런 모습에 반했을 것이다. 몽고 여자와 함께 있으면 현실을 잊었다.

문득 발밑을 보니 거친 풀 섶 사이로 꽃 한 송이가 피어 있었다. 한국에서는 지천에 깔린 게 꽃인데 이곳에서는 아주 귀했다. 꽃잎이 너무 얇아 만지면 금방이라도 찢어질 것 같은데 강한 몽고 바람에 꽃꽂이 잘 버티고 있었다. 그 꽃이 여자 같다는 생각을 했다. 나는 그 꽃을 카메라에 담았다. 아버지에게 보여주고 싶었다.

  내 말타기가 너무 싱겁게 끝나버린 게 미안해선지 여자는 다음 날 낙타를 타러 가자고 했다. 낙타는 타보고 싶었다.

  게르에서 자동차로 20분 정도 이동하니 낙타 떼가 나왔다. 수십 마리의 낙타가 떼로 몰려다니며 한가로이 노닐고 있었다. 그 한쪽에서 낙타 한 마리가 관광객을 태우느라 고전하고 있었다. 반갑게도 한국인 관광객이었다. 그런데 표정들이 좋지 않았다. 낙타를 타려면 낙타의 다리를 꺾어 주저앉힌 후 등에 올라타서 한 번에 휙 일어나야 하는데 낙타가 말을 듣지 않는 모양이었다. 낙타를 부리는 사람은 받은 돈이 있어선지 강제로 낙타의 다리를 꺾었다. 낙타는 일어날 때 거품을 물며 힘들어했다. 죽을힘을 다해 그 상황을 버티고 있었다. 그렇다면 이건 아니지 싶었으나, 나이 많은 한국인 관광객들은 이생에서 다시 오지 않을 기회를 잡느라 앞다투어 낙타 등에 올랐다. 여자는 내게도 낙타를 타보라고 했으나 나는 타지 않았다. 세상에서 경험해보지 못하고 가는 게 어디 낙타 등뿐이랴.

돌아오는 길에 나는 여자에게 이제 서울로 가겠다고 말했다. 처음엔 서울로 돌아가야 할 이유를 찾지 못해 이곳에 머물렀는데 이젠 이곳에 더 있어야 할 이유를 찾지 못했다.

초원에서 하루를 더 묵고 여자는 아들이 운전하는 자동차에 나를 태우고 왔던 길을 다시 되돌아 갔다. 아니, 그 길인지는 알 수 없다. 내 눈에 몽고는 한 가지 그림뿐이었다. 이런 데서 길을 잃지 않는 게 신기했다.

아들이 기름을 넣어야 한다며 주유소를 찾았다. 이런 곳에 주유소가 있을까 싶었는데 아들은 정확히 주유소 앞에서 자동차를 세웠다. 허허벌판에 달랑 주유기 한 대 놓인 주유소였다. 이 주유소 남자는 언제 올지 모르는 자동차를 기다리며 하루 종일 뙤약볕 아래 앉아 있었다.

아침에 출발한 차는 오후가 돼서야 공항에 도착했다. 멀리 공항이 보이자 여자가 아들에게 몽골말로 뭐라고 했다. 아들이 한쪽에 차를 세웠다.

"은수씨, 우리 집 갈래요?"

"네?"

"우리 집에서 하룻밤 자고 내일 가요. 여기서 멀지 않아요."

여자의 제안은 좀 뜻밖이었다. 여행 내내 여자는 아무런 언질도 없었다. 그런데 막상 그냥 보내려니 마음이 쓰였던 모양이었다. 여자의 집은 내가 몽고에 온 목적일 수도 있었으나 첫날, 여자에게 짐짝 부리듯 버려지면서 여자의 집에 대한 생각은 접었었다.

"글쎄요…"

여자의 집은 여전히 미궁이었으나, 여자가 자기 집으로 가자는 말이 내게는 왠지 편하게 들리지 않았다. 애써 용기를 내야 했던 일 같아서 다소 부담스러웠다. 무엇보다 나는 지금 매우 피곤했다. 며칠 동안 잠도 잘 못 자고 잘 씻지도 못해 어서어서 내 집으로 돌아가서 안락한 휴식을 취하고 싶었다. 여자의 집은 또 다른 여행의 시작일 수 있었다. 낯선 환경에 부대끼고 적응할 여력이 없었다.

"내키지 않으면 안 가도 되요."

나는 정말 피곤해서 그랬는데 여자는 내가 필요 이상 친해지지 않으려고 거리를 둔다고 생각하는 것 같았다. 그렇게 여기는 것도 나쁘지 않았다. 아버지의 정부와 하룻밤 동침이라니, 누가 봐도 납득이 안 갈 일이다.

"집은 다음에 가기로 해요."

여자를 다시 볼 일이 있을까마는, 사람의 일을 어찌 아는가. 10년 20년 후 몽고를 다시 오지 말란 법이 없다. 몽고엘 오면 제일 먼저 여자가 생각날 것이다. 그때는 아버지에 대한 흔적도 말끔히 가시고 나는 그냥 여자의 한국 친구로 여자의 집에서 하룻밤 편하게 묵어가면 된다. 그런 날이 오기를 바란다.

"그래요, 그럼 다음에. 다음엔 꼭 우리 집에 가요."

여자는 다음,이란 말에 마음을 놓는 것 같았다. 나도 몽고에 올 구실을 하나쯤 남겨놓는 것도 괜찮겠다는 생각이 들었다.

여자가 아들에게 뭐라고 하자 아들이 자동차를 출발시켰다.

여자는 헤어지기 전에 내게 시집 한 권과 낙타 사진이 있는 작은 액자를 선물했다. 여자의 자작 시집이라는데 몽골말로 쓰여 있었다. 내가 책장을 넘기며 피식 웃자 여자가 웃음의 의미를 알아채고 짧게 한 마디 했다.

"읽을 수 없는 거 알지만 그냥 주고 싶었어요."

이 시집은 아마 아버지의 책장 어딘가에도 한두 권쯤 자리하고 있었을 것이다.

"전 아무것도 준비하지 못했는데."

난 이미 여자에게 많은 것을 주었다. 한국에서 준비해 간 비타민, 스카프, 양말, 그리고 미처 다 먹지 못하고 남은 한국 음식까지 여자에게 몽땅 주었다. 좀 더 특이하거나 기념될만한, 이를테면 아버지를 기억할만한 뭔가를 준비했어야 했었던 건 아니었나 하는 아쉬움이 살짝 들었으나 헤어질 준비를 하고 있는 사람에게 그럴 필요는 없었다. 나는 애초부터 물건이나 선물 같은 것에 연연해 하지는 않았다. 물건이란 시간이 지나면 빛바래져서 오히려 추억마저 훼손시켰다.

"잘 가요, 누나."

아들이 처음으로 나와 제대로 눈을 맞추며 한국말로 배웅했다. 여자에게 작별 인사를 배운 듯했다. 나는 한국에 꼭 놀러 오라는 말과 가벼운 포옹으로 그와 작별했다.

공항 검색대를 지나 탑승을 기다리고 있는데 휴대폰으로 문자가 왔다. 그동안 찍은 사진들을 아들이 전송한 것이었다. 나는 그 사진들을 보며 잠시 즐거운 감상에 빠졌다. 발길 닿는 곳마다 세심하게 포착한 아들의 시선이 느껴졌다. 그러다가 내 눈길이 어느 한 사진에서 멎었다. 식당에서 내가 찍어주었던 아들의 독사진이었다. 그 사진 위로 자꾸만 아버지의 얼굴이 언뜻언뜻 오버랩 되었다. 설마. 나는 휴대폰을 끄고 비행기에 올랐다. 그런데 자꾸만 아들의 얼굴이 눈앞에서 어른거렸다. 나는 아들의 이름도 몰랐다. 여자가 알려준 것도 같은데 주의 깊게 듣지 않았다. 설마. 나는 비행기에 몸을 묻었다. 10분도 지나지 않았는데 벌써 그들이 그리워졌다. 안녕! 아버지의 여자였던 여자. 나는 맘속으로 다시 한 번 작별인사를 했다. 그리고 그들이 행복하길 빌었다. 아버지는 참 많은 사연들을 여기저기 심어 놓았다. 아버지가 보고 싶었다.

**3부**

잘 가요 아버지

# 1

 영정사진 속에서 아버지는 웃고 있었다. 웃고 있어서 더 슬펐다. 내 앞에서 저렇게 환하게 웃고 있는데 이 세상 사람이 아니라니, 믿기지가 않았다.

 아버지는 시체 안치실에 있었다. 마스크를 한 직원이 사물함처럼 생긴 냉장고에서 아버지를 꺼내어 보여주었다. 그 순간에 슬픔을 억누르는 건 어려웠다. 나는 이승에서는 마지막이 될 아버지의 얼굴을 가만히 어루만져보았다. 차가웠다. 산자와 사자는 온기로 구분되는 듯 했다.

 아버지는 홀가분해 보였다. 온몸에 거미줄처럼 엮여 있던 그 많은 생명줄들을 다 떼어버리고 아버지는 단출하게 누워 있었다. 갈 때는 이렇게 가는 거구나. 올 때처럼 빈손으로.

 아버지와의 허락된 시간은 짧았다. 안치실 직원

에 의해 아버지는 다시 깊은 굴속으로 들어갔다. 나는 분향실로 올라왔다.

분향소엔 조문객들로 발 디딜 틈이 없었다. 상복을 입은 큰오빠와 작은오빠가 장손인 큰조카를 데리고 나란히 서서 일일이 응대를 하고 있었다. 장조카는 지루한지 간간히 몸을 비틀었다. 엄마는 보이지 않고 언니는 복도 의자에 앉아 형부 어깨에 머리를 기대고 있다. 언니에겐 형부가 있어 다행이었다. 저러려고 결혼을 하는 거겠지. 힘들 때 기대려고 번거로운 아침밥을 해먹이고 같이 자는 거겠지. 나는 강릉엘 오는 내내 고속버스 등받이에 기대어 눈물을 찍어냈다. 언니가 나를 보더니 희미하게 웃었다. 언니 머리에 꼽힌 흰 나비핀이 유독 선명해 보였다.

문상객들 중에 아버지 손님은 많지 않아 보였다. 친구분들은 이미 돌아가셨거나 거동이 어려운 데다가 치매를 앓는 동안 교류가 끊겨 굳이 아버지를 보러 오겠다는 사람이 없었다. 정승집 개가 죽으면 문상을 가도 정승이 죽으면 안 간다는 말이 실감 났다. 한때 우리 집도 과일 박스와 종합 선물 세트가 끊기지 않았었다. 엄마는 손님 접대를 위해 늘 오차와 과일을 구비해놓아야 했다. 그들이 과일 박스의 대가로 뭘 요구하고 갔는지는 모르겠으나 엄마는 그 덕분에 과일값을 줄이고 우리는 늘 고급 과자를 먹을 수 있었다.

문상객들 중에 최 교수님이 보인다. 마지막 남은 아버지의 절친이다. 언뜻 보면 못 알아볼 만큼 헝클어지고 망가져 있다. 낮부터 와서 몇 시간째 저리 혼자 앉아 있다는데, 그도 아버지를 따라갈 날이 머지않아 보인다. 3년 전 부인을 먼저 보내고 아들 둘은 모두 미국에 나가 있으니 지금 생활이 어떨지 보지 않아도 뻔하다. 진한 연민이 올라온다. 너나없이 쓸쓸한 말년이다.

대구에 사는 고모가 도착했다. 고모는 들어서자마자 아버지의 영정 사진 앞에서 오빠오빠 하며 꺼이꺼이 목 놓아 울었다. 그 덕분에 왁자지껄하던 장례식장 분위기가 갑자기 싸늘해졌다. 이곳이 장례식장인지도 잊고 육개장에 밥을 말아 얼굴이 벌게지도록 술타령만 하던 사람들이 고모 곡소리에 순간 이곳이 장례식장이라는 걸 깨닫게 되었다. 고모가 울자 멀쩡하던 몇몇 친척 분들이 덩달아 달려들어 같이 울었다. 주변 사람들도 눈물을 찍어냈다. 나도 울었다. 눈물은 전염력이 강해 삽시간에 장례식장을 초토화시켰다. 그들은 정체도 모르면서 눈물바다 속으로 같이 빠져들었다. 장례식장에서 곡소리가 사라진 지는 이미 오래되었다. 눈물을 보는 것도 흔치 않았다. 상제들조차 말간 얼굴로 장례를 치렀다. 그러니 고모의 곡소리는 매우 이례적이었다. 당황스러우면서 코미디같이 느껴지기도 했다. 고모는 곡소리가 익숙한 세대였다. 할머니가 돌아가셨을 때만 해도 아버지와 고모는 삼베로 상복을 지어 입고 머리에 새끼 띠를 두르고 장례 내내 아이고 아이고를 읊었다.

"고모, 이제 그만 하세요. 아버지 좋은 데 가셨을 거예요."

보다 못한 작은오빠가 달려들어 고모를 달랬다. 그러자 고모의 곡소리가 더 커졌다.

"아이고, 와 이리 일찍 가셨능교. 좋은 시절 더 살아야 하는디, 아이고 아이고."

이번엔 말리는 작은오빠를 큰오빠가 말렸다.

"그냥 둬. 저렇게라도 한 번 풀어내야지. 장례식장에서 곡소리가 나는 게 뭐 어때서."

고모는 아버지와 그닥 살갑지 않았다. 고모는 사는 형편이 어렵고 아버지는 그럭저럭 살만한데 아버지가 고모를 도와주지 않는다고 평소 불만이 많았다. 그래서 왕래도 잘 없었다. 그런 고모에게 아버지의 죽음이 뭐 그리 애달플 건 없었다. 이래저래 신세 한탄처럼 들렸다.

  장조카가 이런 상황이 참기 어려운지 슬그머니 분향소를 빠져나갔다. 한쪽 구석에 가더니 휴대폰을 꺼내 든다.

  조문객들이 밀려드는 바람에 고모의 곡소리는 거기서 끊겼다. 잠시 썰렁하던 장내 분위기도 다시 종전대로 돌아갔다.

  해가 지자 더 이상 외부 조문객은 오지 않았다. 가족들도 쉬어야 해서 여기저기 아무 데나 벌렁 누웠다. 가늘게 코 고는 소리도 났다.

  자정쯤 되었을까. 모두 잠들었는지 더 이상 기척이 없다. 고모도 언제 곡을 했냐 싶게 드르렁거리고 깊은 잠에 빠졌다. 그때 분향소 쪽에서 가느다란 울음소리가 들려왔다. 소리가 나는 곳으로 가보니 엄마가 아버지의 영정사진 앞에서 흐느껴 울고 있었다. 엄마의 울음소리는 커졌다 작아졌다를 반복하며 끊이지 않고 이어졌다. 엄마의 우는 모습은 왠지 낯설었다. 가부장적이고 바람기 많은 아버지 때문

잘 가요 아버지

에 엄마는 살면서 많이 울었다. 그런데 언젠가부터 울지 않았다. 더 이상 아버지 때문에는 울지 않기로 작정한 듯 아버지가 중환자실에 있을 때도 눈물은 보이지 않았었다. 엄마는 울지 않는 게 아버지의 옆자리를 지키는 방법이라고 여기며 살아온 듯했다. 나는 울지 않는 엄마를 이해했다. 울지 않아서 오히려 다행이라고 여겼다. 그래서 지금 엄마의 눈물은 낯설다. 엄마는 아버지를 사랑했었나? 아버지는 엄마에게 그럴듯한 남편이었는지는 몰라도 좋은 남편은 못되었다. 다른 여자들에게는 좋은 남자였는지는 몰라도 엄마에겐 아니었다. 그래서였을까? 엄마의 눈물은 아버지를 잃은 슬픔보다 자신의 불행했던 삶 때문인 걸로 보인다. 엄마는 삶 자체를 부정하고 싶은 사람처럼 꺽꺽거리며 울었다. 엄마가 울 때 구부정한 엄마의 등이 따라서 흔들거렸다. 언제 왔는지 그런 엄마를 언니가 와서 부둥켜안았다. 언니는 엄마의 눈물을 이해하는 듯했다. 그런 언니의 경륜이 부러웠다.

  아버지는 영정사진 속에서 여전히 웃고 있다.

# 2

 교수 함춘익. 영정 사진 아래 위패에 새겨진 아버지 직위와 이름이다. 아버지는 살아서도 죽어서도 함 교수님으로 통했다. 젊어서 한때 함 선생으로 불린 적도 있었으나 아버지가 사는 강릉에 국립대학이 생기면서 교수로 갈아탔다. 그건 아버지가 S대를 나왔기 때문이며 내가 태어나기도 전인 고릿적 일이라 사범학교 교사를 하다가 국립대학 교수로 갈아타는 일이 가능했다. 덕분에 함춘익 씨의 아내는 평생 사모님 소리를 듣고 자식들은 교수님 자제분이라는 그럴듯한 울타리 속에서 사살 수 있었.
 함춘익 씨는 교수라는 직분에 매우 만족해했다. 사회적으로 지위도 있으며 봉급도 먹고 살만큼은 되며 방학도 있어 자유롭다는 것이다. 그래서 의사 변호사가 하나도 부럽지 않다고 했다. 그들은 매일 아프고 우울한 사람만 접해야 하니 정신 건강에 아주 해롭다는 것이다. 함춘익 씨는 정신 건강을 아주 중요하게 생각했다. 함춘익 씨는 젊어서부터 담배와 음주가무를 즐겼는데, 그것들이 육체에 끼치는 해악보다 정신 건강에 주는 이로움이 더 크다는 게 지론이었다. 함춘익씨는 정신 건강을 위해 여자도 가까이했다. 아내 몰래 여자를 만나다가 들키면 정신 건강을 위한 것이니 간섭을 하지 말라고 했는데 그 얘기를 너무도 당당하게 해서 때론 정말로 바람이 아니라 정신 건강을 위해 여자를 만나는 것처럼 느껴지기도 했다. 음주가무와 여자 다음에 자연스레 따라오는 것이 도박인데 도박은 확인된 바가 없다. 가족이나 지인들과 내기 고스톱을 치는 것이 종종 목격되긴 했으나 그것은 단지 오락 수준이었다. 대신 함춘익 씨는 주식에는 손을 댔다. 그러나 그도 소액으로 짬짬이 재미나 보는 정도며 손해를 보더라도 치명적이지 않아 정신 건강에 크게 해를 끼치지는 않았다. 함춘익 씨는 이렇듯 정신 건강을 중요하게 생각하는지라 직업을 고를 때에도 정신 건강을 유념했음은 말 할 것도 없다. 그러나 나는 함춘익 씨가 교수를 하는 이유가 그런 외적인 조건이 주는 안

온함보다는 학문에 대한 숭고한 뜻, 뭐 그런 거였기를 바랐지만 내 바람 따위가 뭐 그리 중요한가.

그렇다고 함춘익 씨가 학문에 대한 뜻이 전혀 없었다는 건 아니다. 나는 성장기의 대부분의 날들을 함춘익 씨 서재에 밤늦도록 밝혀진 불빛을 보며 자랐다. 종종 일본 잡지에 함춘익이라는 이름으로 실린 논문을 보기도 했다. 이 팍팍한 세상에서 대학 교수로 버티려면 그 정도는 해야 했을 것이다.

교수에 대한 신뢰가 이토록 두터우니 함춘익 씨가 자식들에게도 교수를 권장했음은 말할 것도 없다. 그러나 결론부터 말하자면 함춘익 씨의 4남매 중 그 누구도 교수가 되지 못했다. 함춘익씨가 다닌 S대조차 가지 못했다. 함춘익 씨가 그래도 나름 지역 유지인지라 변두리 교수라도 만들어보려고 애면글면했으나 S대 출신과 유학파에 밀려 결국 교수를 만드는 데는 실패했다. 자존감이 강한 함춘익 씨는 엄청 속이 쓰렸으니 내색하지 않았다. 그런 속내를 드러내는 게 함춘익 씨에겐 더 큰 패배였다. 함춘익 씨의 자식들은 그 누구도 아버지를 뛰어넘지 못하고 시간강사를 전전하다가 하나둘 교사로 눌러앉았다.

함춘익 씨는 교사도 괜찮다고 위로 아닌 위로를

했다. 방학이 있고 정년이 보장되니 요즘같이 어지러운 시국에 교사 자리만 꿰차도 장땡이라는 것이다. 일단 제도권 안에는 진입했으니 절반의 실패, 아니 절반의 성공은 이룬 셈이라고. 교수는커녕 교사조차 되지 못한 내가 함춘익 씨 인생에 유일한 오점을 남기긴 했으나 함춘익 씨도 인력으로 안 되는 게 있다는 걸 알아야 한다.

자식을 교수로 만들지 못한 것만 빼면 함춘익 씨는 그런대로 성공한 인생이었다. 내 집도 있고, 여우같은 마누라는 아니어도 양가집 규수를 아내로 맞아 토끼 같은 자식들도 넷이나 낳았고, 교수라는 직업에도 만족하며 가부장적 권위를 누리며 게다가 바람까지 피우고 살았으니 그만하면 세상 남부럽지 않은 생을 살았다고 할 수 있었다.

그런데 치매가 함춘익 씨의 인생을 180도로 뒤집어 놓았다. 치매가 어떤 병인 건 굳이 말하지 않아도 잘 알 것이다. 아니다. 머리로만 상상하는 건 안다고 할 수 없다. 치매는 옆에서 직접 겪어봐야 그 혹독함을 알 수 있다.

우리가 인생을 참 잘 살았다고 했을 때엔 말년이

빛나 보였기 때문임을 부인할 수 없다. 아무리 잘 살았어도 말년이 꼬이면 그 인생은 성공한 삶이라고 할 수 없다. 잘 못 살았더라도 말년이 아름다우면 우리는 그를 아름답게 기억한다. 그래서 최후에 웃는 자가 승자라고도 하지 않는가.

그런데 함춘익 씨는 말년에 치매가 오는 바람에, 그 혹독한 시간에 대한 기억이 너무 강해 그 전의 삶들이 까마득한 일처럼 묻혀버렸다.

물론 치매는 어느 날 갑자기 선고를 받는 건 아니다. 가랑비에 옷 젖듯 아주 서서히 사람의 숨통을 조여 온다. 오늘은 백 원을 잃어버리고 내일은 천 원을 잃어버리고 모레는 만 원을 잃어버리다가 종국엔 가진 돈 전부를 잃는 형국이다.

치매에 걸리면서 함춘익 씨는 더 이상 함 교수님으로 불릴 일이 없어졌다. 함춘익 교수님을 찾는 사람들도 점점 줄어들었다. 함춘익 씨는 그냥 지아비, 우리 아버지로만 남있다.

# 3

　아버지 경동 병원 입원.

　큰오빠의 문자는 짧았다. 나는 머리를 감고 나오는 중이었다. 한 손으로는 수건으로 머리를 감싸 쥔 채 다른 손으로는 핸드폰을 들고 문자가 찍힌 그 창을 꾀나 유심히 들여다보았다. 아버지가 입원을 했다고? 아버지가? 그 순간 이상한 기류가 온몸을 휘감고 지나갔다. 아버지의 입원은 왠지 일상처럼 다가오지 않았다. 아버지와 병원은 어울리지 않았다. 아버지가 병원을 갈 때란 엄마가 자궁근종 수술로 입원했을 때나 작은오빠가 교통사고로 응급실에 실려 갔을 때, 언니가 출산했을 때, 등등이었지 아버지가 아파서 갔던 경우는 거의 없었다. 치매로 고생하는 동안 정기적으로 약을 타러 병원에 가긴 했지만 그마저도 병원 일은 오빠들이나 올케가 보고 나오기 일쑤였다. 그러니 아버지의 병원 입원은 저승길이나 갈 때 한 번쯤 해보는 아주 낯선 일이었던 것이다. 나는 큰오빠네 집으로 전화를 걸어보았다. 올케가 받았다.

"아버지가 왜 입원한 거죠?"

"별일 아니에요. 간밤에 열이 심하게 나서 응급실로 갔는데 목 쪽에 생긴 멍울 때문이라네요. 곧 괜찮아진다니까 걱정 말아요."

그랬구나. 나는 머리를 말리고 물에 밥을 말아 열무김치 얹어 아침밥까지 먹었다. 그런데 웬일인지 전화로 확인까지 하고도 한번 찾아든 불안의 기운이 스멀스멀 온몸을 맴돌면서 여간해서 떨어져 나가지지가 않았다. 그건 아버지의 나이 때문이었다. 여든 아홉의 병원 입원이 뭘 의미하는지 나는 살면서 많이 보았다. 여든이 넘으면 문밖이 저승이라고 하지 않는가. 그러나 선뜻 아버지를 보러 가지지가 않았다. 나는 계속 강릉 집에 있다가 서울에 온 지 얼마 되지 않았다. 강릉 집이 이사를 하고 새 집에 적응하는 동안 꽤나 오래 아버지 곁에 머물러 있었다. 그러는 동안 서울의 내 집은 방치되었고 일상도 많이 흐트러져 그 일들을 바로잡는데 제법 애를 먹었다. 괜찮다고 하질 않는가. 나는 불안하면서도 내심 괜찮다는 올케의 말에 마음을 실었다. 그렇게 이틀이 지났다. 그동안 나는 아버지와 전화 통화도 한 번 했다. 아버지는 치매로 내가 누군지도 잘 모르면서 그저 당신 막내딸이라는 말에만 응응, 하며 아프지 않다며 바쁜데 올 필요 없다는 말만 거듭거듭 되풀이했다. 익숙한 모습이었다. 아버지가 당신 아닌 다른 사람에게 신세 지는 걸 끔찍이도 싫어하는 건 거의 본능에 가까웠다. 그런데 아버지는 괜찮지 않아 보였다. 목소리는 아기처럼 아주 작았으며 목에서 가래가 끓는지 계속 그르렁댔다. 아무래도 강릉을 다녀와야 할 것 같았다. 아니나 다를까, 작은오빠에게서 호출 전화가 왔다. 나는 서울에 있는 동안 작은오빠가 신경 쓰였다. 작은오빠는 아버지의 병실을 지키면서 내려오지 않는 나를 내내 별렀을 것이다. 올케들도 병실을 드나들며 오지 않는 나를 괘씸해했을 것이다.

강릉에 도착하자마자 나는 곧장 병원부터 갔다. 오빠들은 아직 퇴근을 안 했고 병실엔 엄마와 언니와 올케들이 있었다. 아버지는 생각보다 좋지 않아 보였다. 목에 생긴 멍울의 고름을 긁어냈다는데 목은 턱과의 경계가 없을 정도로 많이 부어 있었다.

"아무래도 큰 병원으로 옮겨야 하지 않을까요?"

내 얘기에 아무도 반응이 없었다. 벌써 그 문제로 한차례 논의가 있었다고 했다. 그런데 큰 병원은 거리가 멀어 망설이고 있었다.

"의사가 괜찮다고 하니까 일단 좀 더 지켜 보자."

언니가 걱정을 떨치지 못하며 겨우 한마디 했다. 그러나 아버지는 괜찮지 않았다. 밤새 목은 더 부어오르고 가래가 끓어 숨 쉬는 것조차 버거워했다. 아침에 출근한 의사는 아버지의 상태를 보고 나서 큰 병원으로 옮기는 게 좋겠다고 했다. 의사가 먼저 옮기라고 해서 큰 병원으로 옮기는 문제를 놓고 자식들끼리 충돌할 일은 없어졌지만 의사가 그렇게 얘기할 때 우리는 이미 너무 늦은 건 아닌가 하는 불안에 휩싸였다. 의사는 큰 병원 얘기를 하면서 성의를 표하는 척 소견서를 써주겠다고 했지만 그건 누가 보더라도 이미 망쳐놓고 감당할 자신이 없으니까 책임을 피하기 위해 하는 수작으로 보였다. 출근했던 오빠들이 연락을 받고 허둥지둥 병원으로 달려왔다.

"괜찮다고 하더니 이게 괜찮은 거야? 자신 없으

면 처음부터 큰 병원으로 보냈어야지. 이 지경으로 만들어놓고 발뺌이나 하겠다고?"

작은오빠가 병실이 떠나가게 소리를 질렀다. 의사에게 따지러 간다는 걸 억지로 붙잡아놓았다. 지금은 이런 일로 흥분하기보다는 아버지를 얼른 큰 병원으로 옮기는 게 급선무였다. 사실 우리가 먼저 큰 병원으로 옮기자고 말하지 못한 건 의사에 대한 배려도 있었다. 의사가 괜찮다는데 굳이 옮기는 건 의사를 무시하는 처사로 비춰질 수 있기 때문이었다.

아버지를 태운 구급차가 큰 병원에 당도했다. 응급실 직원들이 재빨리 달려와 아버지를 옮겼다. 연락을 받은 의사 두서너 명이 차례로 와서 아버지를 진찰하고 갔다. 그러나 그뿐, 이렇다 할 지시를 내리지 않았다. 우리는 상황이 매우 좋지 않다는 걸 느낌으로 알 수 있었다.

아버지는 복잡한 응급실에서 하루를 꼬박 시체처럼 누워 있었다. 그 침대 곁을 엄마가 붙박이처럼 지켰다. 아버지는 치매로 들락날락하면서도 엄마는 알아보았다. 엄마가 누구라는 걸 알고 그러는 건지, 아니면 아버지 옆에 있어 줄 사람이란 걸 알고 다만 의지만 하는 건지는 알 수 없었다. 자식도 못 알아보는 아버지가 아내는 알아볼까. 엄마라도 의지하니 그나마 다행이다 싶으면서도 엄마에겐 그게 더 고역이었다. 차라리 아무도 기억하지 못하는 게 편할 수 있었다. 아버지는 시도 때도 없이 엄마만 찾아 엄마는 1분 1초도 떨어져 있지 못했다. 지금은 극도로 위중한 상태라 엄마는 아예 붙박이가 되었다. 엄마로서는 처음 누려보는 호사였다. 지금까지 아버지에게 엄마가 이토록 절박했던 순간이 없었다. 아버지에겐 몽고 여자와 속초 여자가 있었다.

아버지는 손가락 하나 까딱하는 것도 힘든지 한쪽 팔을 베고 죽은 것처럼 하고 있다. 체구가 얼마나 작아졌는지 멀리서 보면 어린아이가 누워있는 것 같다. 단단하던 다리는 가죽만 남아 보고 있기조차 애처로웠다. 감자를 박아놓은 것 같은 복상뼈는 오늘따라 유독 커보였다.

아버지는 체격이 큰 편은 아니었지만 작지도 않았다. 보통 키에 다부지고 단단한 체격으로 평생 비만이라는 건 모르고 살았다. 그건 다 아버지의 관리 때문이었다. 아버지는 평생 아침 조깅으로 몸 관리를 해왔다. 여명이 찾아들기도 전인 어스름한 새벽, 아버지는 어느새 잠자리를 털고 일어나 운동복으로 갈아입고 양말을 신었다. 추운 날엔 두툼한 털모자와 장갑을, 비가 오는 날엔 우비를 입고 새벽길을 달렸다. 자라면서 나는 아버지가 아침 시간에 이부자리 위에 누워 있는 걸 본 적이 없었기 때문에 아버지는 으레 그런 식으로 아침을 맞는 사람인 줄 알았다. 그런 몸에 대한 기억 때문인지 아버지는 치매가 온 후에도 한 번씩 새벽에 집을 나가곤 해서 식구들을 곤혹스럽게 했다.

얼마 전에도 아버지는 새벽에 집을 나갔다가 길을 잃었다. 어둑어둑한 새벽, 아버지는 골목 모퉁이 국숫집 앞에 쪼그리고 앉아 있었다. 아직 어두워서 자세히 보지 않으면 그냥 짐짝으로 알고 지나치기에 충분했다. 아버지는 집을 찾아 헤매다가 없자 그나마 익숙한 국수 가게 앞에 자리를 튼 것 같았다. 아버지는 추운지 보퉁이를 끌어안고 떨고 있었다. 낡은 스프링코트 하나로 이겨내기엔 추운 날씨였다.

"아버지…"

나는 가슴이 먹먹해져 아무 말도 나오지 않았다. 큰오빠도 기가 막힌 지 하늘만 올려다보았다.

"도대체 여기서 뭐하시는 거예요? 나 참 속상해서."

큰오빠가 버럭 한마디 했다. 아버지는 무서운지

보퉁이를 끌어안은 채 떨기만 했다. 오빠가 잡아 일으키려 하자 꼼짝도 안 했다. 오빠는 손을 놓고 다시 하늘을 봤다. 금방이라도 울 것 같았다. 아버지가 누군가. 하늘 아래 둘도 없이 자존감이 강하고 독립적인 분이었다. 백 명이 넘는 학생들 앞에서 물리학을 강연하던 분이었다. 황혼에도 여 제자들의 추종을 받던 멋진 로맨티스트였다. 그런데 이젠 다른 사람의 도움이 없이는 한 발짝도 뗄 수 없고 아무 말도 할 수 없는 바보가 되었다.

"아버지, 추워요. 집에 가요."

나는 아버지의 팔을 잡아끌었다. 아버지는 꼼짝도 하지 않았다.

"이러다 감기 들겠어요. 어서 일어나요."

"나 안 추워요."

아버지는 이제 추위에 대한 감각도 떨어진 것 같았다.

보다 못한 오빠가 아버지를 강제로 끌다시피 해서 그곳을 벗어났다. 나와 달리 큰오빠는 당신이 거역할 수 없는 존재처럼 보였나 보았다. 새벽부터 그 난리를 치고 아버지는 아침밥도 안 드신 채 깊은 잠에 빠져들었다.

아버지는 차츰 눈에 띄게 말수도 줄어들고 행동거지도 적어졌다. 식사를 통 못했으며 걸핏하면 춥다고 옷을 두 겹 네 겹 껴입었다. 그것이 아버지의 몸속에 생기기 시작한 멍울 때문이었다는 것을 우리는 알지 못했다. 그냥 아버지가 온순해져서 다행이라고만 생각했다. 그런데 그것이 이승에 대한 끈을 놓아서라는 걸 그때는 알지 못했다

응급실에서 죽은 듯 누워있던 아버지가 소변이 마렵다고 몸을 뒤채었다. 침대 옆에는 소변 통이 있었으나 아버지는 기어코 화장실을 가겠다고 고집을 부렸다. 아버지는 침대에서부터 오빠의 부축을 받으며 내려왔다. 혼자서는 바지를 내릴 힘조차도 없으면서 혼자 하겠다고 우기는 걸 오빠가 화장실 안에까지 따라 들어갔다. 그 와중에도 창피한 걸 따지는 게 신기했다. 다른 치매 노인들은 대소변을 못 가려서 팬티에 누거나 벽에다가 그림을 그린다는데 아버지는 화장실 볼일만큼은 한 치의 실수 없이 해왔다. 몸의 기억이 아버지를 그렇게 이끌고 있었다. 화장실을 다녀온 아버지는 다시 새우처럼 웅크리고 누웠다.

저녁나절이 다 되어 다시 온 의사는 르미에르 증후군이라는 이름도 희한한 듣도보도 못한 병명을 내밀었다. 목의 고름이 동맥을 타고 흘러 이미 폐까지 가서 수술이 불가피하다고 했다. 수술한 후에는 인공호흡기를 달아야 하기 때문에 중환자실로 가야 한다고. 거기까지 듣고 엄마는 맥을 놓았다.

하루 종일 응급실 한쪽에 방치되어 있던 아버지의 침대가 움직였다. 아버지를 데리러 온 푸른 복장을 한 두 명의 남자가 저승사자 같았다. 아버지의 침대는 3층에 있는 중환자실로 옮겨지기 위해 엘리베이터에 올랐다. 겨우 정신을 차린 엄마와 내가 동행했다. 그 와중에도 아버지는 엄마의 손을 놓지 않았다. 아버지는 지금 벌어지고 있는 일에 대해 알고 있을까. 잠시 후면 엄마의 손을 놓아야 하는데 우리는 아직 아버지의 이해를 구하지 못했다. 그런 채로 아버지는 고립될 것이다. 치료를 한다는 명목하에. 저항할 힘이 없다는 이유로. 엘리베이터를 빠져나온 침대가 엄마와 나를 문밖에 버려두고 휘리릭 제한구역이라고 쓰여진 공간 안으로 빨려 들어갔다. 아, 안 되는데. 아버지는 엄마가 옆에 없으면 안 되는데. 그러나 문은 여지없이 쾅 닫혔다.

잘 가요 아버지

아버지의 침대가 미끄러지듯 빨려 들어가고 병원 복도엔 엄마와 나만 남았다. 쾅 하는 소리가 관 뚜껑 닫히는 소리로 들렸다. 왠지 아버지와는 이제 마지막이라는 생각이 들었다. 병원 밖에서는 다시는 마주할 수 없으리라는 그 지독한 예감. 엄마가 복도 바닥에 털썩 주저앉았다. 이럴 땐 엄마도 살펴야 하는데 나는 아직 그럴 정신까지는 없었다. 큰오빠와 작은오빠는 병원 뜰에서 서성대기만 하고 언니는 휴게 의자에 앉아 계속 눈물 바람이었다. 면회는 오전 오후 30분씩 하루 두 번. 이제 아버지를 만질 수 있는 시간은 하루에 한 시간뿐이다.

중환자실 문이 다시 열리며 보호자 한 분만 들어오라고 했다. 엄마가 내 등을 떠밀었다. 나는 들어서자마자 아버지부터 찾았다. 아버지의 침대는 가운데 맨 앞쪽에 있었다. 간호사가 연락처를 물었다. 만일의 사태에 대비해 가장 빨리 연락이 닿을 수 있는 전화번호 두 개만 알려달라고 했다. 나는 우리 4남매의 전화번호를 모두 알려주었다. 그랬다가 청력이 안 좋은 큰오빠의 번호를 지우고 그 자리에 큰올케의 번호를 적었다. 번호를 적으면서도 내 신경은 내내 아버지에게 가 있었다. 그러다가 아버지와 눈이 딱 마주쳤다. 나를 본 아버지가 갑자기 버둥거리기 시작했다. 갑작스런 환경에 놀라고 있다가 익숙한 얼굴을 발견하고 구원을 요청하려는 빛이 역력했다. 내가 다가가려고 하자 간호사들이 막았다. 지금은 면회 시간이 아니니 돌아갔다가 내일 다시 오라고 했다. 규칙이라니 승복할 수밖에 없었다. 아버지는 나를 보며 알아들을 수도 없는 소리를 내지르며 계속 버둥댔다. 조금 전까지 죽은 듯 누워 있던 아버지에게서 어디서 그런 힘이 나오는지 모르겠다. 아버지는 엄마의 손을 놓는 순간부터 알 수 없는 공포에 휩싸인 듯했다. 아버지에게 이 상황을 납득시켜야 하는데 아버지는 치매였다. 아버지가 버둥대자 간호사들이 녹색 천으로 아버지의 양손을 침대에 묶었다. 아버지는 더 공포에 떨었고 나도 놀라 눈이 휘둥그레졌다.

"아니 어떻게 이런… 이렇게까지 해야 하나요?"

침대에 묶인 아버지를 보니 기가 막혔다.

"저희도 어쩔 수 없어요."

간호사가 이젠 나가보라며 내 등을 떠밀었다. 나는 그들이 미는 대로 밀려 나오지 않을 수 없었다. 그때 내 등 뒤로 아버지의 절규 같은 한마디가 와서 꽂혔다. 은수야!

　나는 걸음을 뚝 멈추었다. 은수야. 아버지는 1년 가까이 내 이름을 부르지 않았었다. 아버지는 나를 알아보지 못했고 내 이름을 기억하지 못했다. 그런데 은수야, 라니. 아버지는 내가 이 낯선 환경에서 당신을 구해줄 줄 알았는데 그냥 가자 마지막 있는 힘을 다해 나를 기억해낸 것이다. 내가 아버지에게 다가가려고 하자 간호사가 이러시면 안 된다며 나를 밀어 아예 중환자실 밖으로 내몰았다. 제한구역이라고 쓰여진 문이 다시 닫힐 때 은수야, 라는 아버지의 절박함을 외면하고 나온 나의 몰염치함이 나를 평생 괴롭힐 것이라는 강한 예감을 받았다.

"아버지는 어쩌고 계시드냐?"

　복도에서 넋을 놓고 있던 엄마가 중환자실에서 나오는 내게 물었다.

"엄마…"

"어, 그래. 아버지는 어떠셔?"

"엄마, 아버지가 내 이름을 불렀어."

"니 이름을? 아버지가 널 알아보드나?"

"아니 그냥…"

　나는 차마 방금 전의 일을 그대로 얘기할 수 없었

다. 나를 절박하게 바라보던 아버지의 그 눈빛. 그리고 아버지의 양손을 묶던 푸른 천에 대해.

엄마와 병원 복도를 빠져나와 1층으로 오니 라운지에 식구들이 모두 모여 있었다. 겨우 정신을 차린 엄마가 식당으로 가자고 했다. 그 와중에도 엄마는 우리 밥을 챙겼다. 하루 종일 굶었던 터라 허겁지겁 밥을 먹었다. 아버지는 3일째 아무 것도 먹지 못했다. 느 애비 봐라, 평생 자식들에게 신세 안 지려고 용을 쓰더니만 결국 손 안 타는 중환자실로 가는 거 봐. 엄마가 텁텁한 청국장을 두어 수저 뜨다가 말고 한숨처럼 토해냈다.

"아무래도 대비는 해야 할 것 같아."

큰오빠가 식당을 나와 병원 주차장으로 가면서 무겁게 입을 뗐다. 그 말에 언니가 와락 눈물을 쏟으며 주차장 앞 벤치에 털썩 앉았다. 나와 작은오빠도 덩달아 주저앉았다. 그 대비라는 말이 무엇을 의미하는지 우리는 안다.

"형님하고 저는 내일 장지 좀 알아봐요."

비교적 냉정한 작은올케가 나서서 오빠 말을 거들었다.

"지금 그게 할 소리야? 어디라고 당신이 나서길

잘 가요 아버지

나서."

작은오빠가 올케를 나무랐다.

"미리 준비를 해두겠다는 건데 뭐가 나빠요. 이러다가 덜컥 돌아가시기라도 하면 그땐 어쩌려고 그래요."

"뭐가 어째?"

작은오빠가 노려봤다.

"제수씨 말이 맞아요. 미리미리 준비해서 나쁠 건 없지요. 제가 경황이 없어 그러니 집사람하고 같이 좀 알아봐 주세요."

삐딱한 분위기를 큰오빠가 바로잡았다. 두려워서 아무도 감히 입에 올리지 못하고 있는 아버지의 죽음을 태연하게 얘기하는 작은올케가 야속했지만 나무랄 수 없었다. 이럴 땐 한 발 떨어져서 현실을 직시해 줄 사람도 필요하다. 작은올케에게 시아버지에 대한 마음을 억지로 강요할 수는 없었다. 작은올케에게도 언니나 나처럼 친정아버지가 있었다.

"은수 넌 그만 올라가. 여긴 우리가 있으니까."

큰오빠가 불쑥 내 쪽으로 화제를 돌렸다. 나는 화살이 내게로 날아오는 걸 좋아하지 않는다. 결혼도 일도 내놓을 게 없기 때문이다. 그러나 큰오빠는 대화가 궁색해지면 종종 나를 들먹였다.

나는 그만 가보라는 큰오빠의 그 말이 고마우면서도 서운했다. 작은오빠도 그 대목에선 아무 말이 없었다.

"수술까지는 보고 생각해볼게요."

수술은 이틀 정도 상태를 지켜본 후에 하게 된다고 했다. 의사는 아버지 몸에 번지고 있는 고름 제거를 위해 목과 가슴 두 군데의 수술을 제시했다. 우리는 수술을 앞두고 많은 고민을 했다. 이미 쇠약할 대로 쇠약해져 있는 아버지 몸에 칼을 대는 일이 과연 옳은 일인가. 수술은 언제나 두 가지 경우의 수를 놓고 갈등하게 했다. 수술이 잘 되었을 경우야 더 말할 나위 없지만 아닐 경우 수술 중에 아버지를 잃을 수도 있었다. 의사들도 그 점이 염려되는지 자필 동의서만으로는 모자라 캠코더로 동영상까지 찍어두었다. 그만큼 아버지의 수술은 큰 위험 부담을 안고 있었다. 그러나 농영상이 아니라 그보다 더한 걸 하자고 해도 목에 고름이 잔뜩 고여 숨도 못 쉬는 아버지를 두고 수술을 미룰 수는 없었다. 대신 가슴까지 칼을 대는 건 하지 말자고 합의를 보았다. 아버지의 나이 여든 아홉. 이 세상에 아버지가 머물러 있을 시간은 그리 많지 않다. 내 부모만큼은 좀 더 오래 있어 주길 바라지만 그게 어디 그런가.

아침 8시 반에 시작한 수술은 12시 반에 끝났다. 수술하는 동안 우리는 한 가지 기도만 했다. 살아서만 나오라고. 살아만 나오면 더 이상의 욕심은 부리지 않겠다고. 수술이 끝났다는 전광판의 안내 문구가 뜨면서 목에 붕대를 친친 감은 아버지가 수술실을 나왔다. 아버지는 목에 여섯 개의 구멍을 뚫어 가늘고 긴 관 여섯 개가 목 밑에 늘어져 있었다. 차마 눈 뜨고 볼 수 없었다. 의사가 정신을 차려보라며 아버지의 볼을 두어대 탁탁 쳤다. 아버지가 희미하게 눈을 떴다. 그러나 이내 다시 감았다. 왠지 가족을 보지 않겠다는 의지로 받아들여졌다. 절박하게 은수야, 불렀는데도 외면하던 걸 기억하고 있는 것만 같았다. 아버지는 당신에게 일어난 이 엄청난 일에 대해 모르고 있었다. 며칠 전까지 당신 발로 걸어서 산책을 하고 당신 손으로 밥을 먹었는데 지금 왜 이렇게 아무것도 할 수 없는 채 꽁꽁 묶였는지.

아버지는 누구보다도 자기 관리가 철저했다. 다른 사람에게 폐를 끼치지 않기 위해, 그게 비록 가족일지라도 피해를 주지 않으려고 안간힘을 썼다.

그래서 아버지 방엔 늘 영양제가 가득했다. 아버지는 그 알약들을 손이 잘 닿는 책장 앞에 놓아두고 식후에 물컵을 들고 방으로 들어가 알약을 몇 알씩 털어 넣었다. 아침을 먹은 후엔 비타민과 루테인을, 점심 식사 후엔 칼슘제와 자양강장제를, 저녁 식사 후엔 오메가쓰리와 홍삼정을 먹었다. 물론 이 약들은 내가 기억하는 일부이다. 아버지는 철철이 녹용을 넣은 한약도 달여 먹었으며 일주일에 서너 번 보양식도 챙겨 먹었다. 그 모습이 너무 익숙해서 나는 아버지는 원래 그런 것들을 먹어야 하는 사람인 줄 알았다. 아버지는 식탁 위에도 아버지 방 책꽂이 앞에 있는 약병들과 로고가 같은 걸 몇 개 놓아두긴 했는데 다른 식구들은 그걸 잘 먹지 않았다. 식탁 위의 약병들은 몇 달이 지나도록 줄지 않고 까뭇까뭇 먼지만 탔다. 아버지가 그 많은 알약들을 삼킬 때 우리는 그 약들이 조화를 부려 백 세까진 너끈히 버텨줄 줄 알았다. 그러나 그 많은 약병들을 비우고도 아버지는 여든 아홉을 넘기기가 어려워 보인다.

의식이 돌아온 아버지가 무언가 말을 하려고 했다. 그러나 아버지의 말은 소리가 되어 나오지 않았다. 아버지는 그것도 기가 막혔을 것이다. 죽고 싶다

잘 가요 아버지

고, 차라리 죽여 달라고 말하고 싶은데 그마저도 할 수 없으니.

"아.버.지. 여.기.는. 병.원.이.에.요. 아.버.지.가. 목.이. 많.이. 아.파.서. 수.술.했.어.요."

우리는 이 얘기를 아버지의 귀에다 대고 수십 번, 아니 수백 번도 넘게 했다. 그러나 아버지의 눈빛은 여전히 모호했다.

중환자실을 나올 때 우리가 하는 얘기는 하나 더 있었다.

"아.버.지. 여.기.는. 중.환.자.실.인.데. 식.구.들.이. 있.으.면. 안.된.대.요. 밖.에. 나.갔.다.가. 이.따.가. 또. 올.게.요."

잠깐 잠깐씩 당신 앞에 나타났다가 매몰차게 사라져 버리는 우리들이 아버지는 야속했을 것이다. 그래서 아버지가 알아듣건 말건 가족이 아버지를 버린 게 아니라는 걸 수없이 얘기했다. 그러면 어떨 땐 알았다는 듯 고개를 끄덕일 때도 있었다. 정말 알아서 그러는 건지 알 수는 없었지만 반응이 있을 때가 더 힘들었다. 차라리 의식이 없었더라면 서로가 더 편했을까. 옆에 있어 주기를 원하는 눈빛이 너무도 간절한데 우리는 아버지의 손을 오래도록 잡아 주지 못했다. 면회 시간이 끝났다는 간호사의 말에 풀었던 아버지의 손을 침대에 다시 묶어 놓고 나와야 할 때 정말 모든 걸 끝내고 싶었다. 아버지는 하루 두 번 면회 시간 1시간을 제외하곤 하루 23시간 침대에 묶여 있었다. 잠깐만 한 눈을 팔아도 아버지가 인공호흡기를 빼어버리기 때문에 어쩔 수 없다고는 하는데 정말 이렇게 하면서 연장하는 생명이 무슨 의미가 있을까 싶었다. 이건 누가 보더라도 사는 게 아니었다. 돌아눕고 싶어도 돌아누울 수도 없고 얼굴이 가려워도 긁을 수도 없는, 아니 긁어달라고 말조차 할 수도 없는 이 말도 안 되는 상황이 사람을 치료하는 거라니. 지금 아버지에게 가장 필요한 건 가족의 따뜻한 보살핌이었다. 아버지는 엄마 손만 잡고 있으면 되는 사람이었다. 그런데 치료라는 이름으로 아버지를 중환자실에 가두고 가족을 볼 수 없게 했다. 이것이 과연 아버지를 살리는 길인가. 우리는 하루에도 수십 번 이런 질문을 하면서도 면회 시간만 되면 들어갔다가 끝나면 아버지의 손을 묶어놓고 돌아서서 나왔다.

"네 시간 이상 자 본 일이 없는 노인네가 하루 종일 침대에 묶여 있으니 얼마나 답답할 거야 젠장."

작은오빠가 아버지를 보고 나오다가 속을 못 이기겠는지 주먹으로 복도 벽을 탁 쳤다.

아버지는 천성이 부지런해서 네 시간 이상을 자지 않았다. 초저녁에 티브이를 보다가 깜빡 조는 일은 있었지만 잠자리에 장시간 누워 있는 건 본 적이 없었다. 아버지는 자는 시간이 제일 아깝다고 했다. 그래서 침대도 사지 않았다. 하루에 몇 시간 쓰지도 않는 걸 방 한가운데 떡하니 들여놓고 자리만 차지하고 있는 게 싫다고 했다. 그런 아버지의 고집도 있었지만 옛날 집은 좁아서 침대를 놓을 수가 없었다. 아버지라고 편하고 폼 나는 침대가 싫었을까. 그 집을 떠나지 않으려면 침대 따윈 포기했어야 했다. 그래서 새집으로 이사했을 때 언니가 아버지의 방에 좋은 침대를 놔드렸다. 아버지는 온전치 않은 정신으로 어린아이 마냥 좋아했다. 아버지도 침대를 동경했던 것이다. 그런데 그 침대를 몇 달 써보지도 못하고 딱딱한 병원 침대에 하루 종일 누워있게 되었다.

"잠깐 저기에 좀 앉자."

면회를 마치고 나오는 길에 큰오빠가 등나무 덩굴 벤치를 가리키며 말했다. 우리는 덩굴 쪽 의자

두 개에 나누어 앉았다.

"지금 상황에서 우리가 할 수 있는 일은 없어. 장기전이 될 수도 있는데 너무 여기에만 넋 놓고 있는 것도 좋지 않아. 각자 생업에 열중하고 은수 넌 서울 올라가."

수술이 끝나고 한숨 돌리게 되자 큰오빠가 말했다. 아버지는 한 치 앞을 내다볼 수가 없었다. 오늘이라도 숨이 끊어질 수 있고 이러면서 1년이고 2년도 갈 수 있었다.

나는 오빠가 하라는 대로 서울행 기차를 탔다. 딱히 가야 할 일도 없으면서 병든 아버지를 두고 수시로 올라가는 내 모습이 가족들에게 어떻게 비칠지 신경 쓰였다. 나는 뭐라도 해야 할 것 같아서 기차를 타고 가며 전에 알바를 소개해주었던 후배에게 전화를 걸었다. 필리핀 사람에게 하던 한국어 수업을 못하게 되었다는 일방적인 문자만 보내놓고 치음 하는 전화였다. 그땐 염치가 없어 전화를 못한 걸 그 후배가 알아주었으면 좋겠다.

"네, 언니."

후배의 목소리는 밝았다. 그래서 내가 얘기하기가 한결 편해졌.

"잘 지내지?"

"그럭저럭요. 언니네 아버지는 괜찮아요? 그때 편찮으시다고 하셔서."

"어, 그냥 머. 그땐 미안했다. 소개해 준 사람 성의도 있는데."

"미안하긴요. 한국에서 한국어 가르칠 사람 없을까 봐요? 줄 섰어요. 신경 쓰지 마세요."

다행이긴 한데 김이 빠졌다. 혹시나 했는데 역시나 였다. 그 일자리가 여태 나를 기다리고 있을 턱이 없었다. 나는 후배에게 사과한다는 명목이었으나 그 일자리의 향방이 더 궁금했었다.

"언니, 제가 지금 어딜 좀 가고 있어서요. 나중에 전화 드릴게요."

"어어, 그래."

그마저도 놓치고 나니 아까웠다. 삼만 원을 받을 때는 몰랐는데 잃고 나니 삼만 원으로 할 수 있는 게 참 많았다. 고기도 먹을 수 있고, 택시도 탈 수 있고, 밥도 살 수 있었다. 삼만 원이면. 그런데 나는 이제 다시 국수를 먹어야 하고 버스를 타야 한다.

후배에게서 전화는 오지 않을 것이다. 나에 대해 알았으니까. 사소하고 소박한 것에 가치를 둘 줄 모르는 나에 대해. 관계를 형성하는데 미숙한 나에 대해. 외롭지만 외롭다고 말 못 하는 나에 대해 알았을 테니까.

아르바이트가 불발된 건 다행이었다. 서울에 오자마자 나는 언니의 전화를 받고 다음 날 다시 부랴부랴 강릉으로 내려가야 했다.

"은수야, 아버지가 많이 안 좋아. 이러다간 무슨일 날 것 같애. 아무래도 내려오는 게 좋겠어."

그러나 아버지는 그날 밤을 무사히 넘겼다. 엄마는 마지막을 예감하고 다음 날 신부님을 모셔다가 병자 성사까지 했다. 병자 성사는 임종을 앞둔 신자가 받는 가톨릭 의식이었다. 우리가 그것을 묵인하고 받아들인다는 건 아버지의 마지막을 인정한다는 암묵적 의미였다. 우리는 아버지가 떠날 걸 부인하면서도 곧 보내야 할 사람처럼 장지를 알아보고 병자 성사를 했다.

병자 성사를 하는 동안 내내 아버지는 눈을 감고 있었다. 의식이 있는지 없는지도 알 수 없었다. 혹여 의식이 있다 해도 치매인 아버지가 지금 벌어지고 있는 일을 분별해내지는 못할 것이었다. 아버지는 애초에 가톨릭 신자가 아니었다. 그래서 성당에 나가는 엄마를 별로 좋아하지 않았다. 늙어가면서 많이 누그러지긴 했지만 정신이 있을 때는 끝끝내 성당으로 가자는 엄마의 손을 잡지 않았다. 정신을 놓고 나서야 아버지는 세례를 받고 엄마를 따라 성당엘 나갔다.

아버지는 철저하게 무신론자였다. 신에게 의지한다는 건 나약한 인간들이나 하는 짓이었다. 아버지는 빈농의 자식으로 태어나 뭇매로 죽을 고비도 넘기고 비록 지방대학이긴 하나 교수 자리에까지 오른 사람이다. 그 세월이 얼마나 가혹했을지 나는 짐작만 할 뿐이다.

아버지가 신자가 아니라서 엄마는 평생 힘든 종교 생활을 했다. 매주 성당에 가는 것 자체가 모험이었으며 미사 도구는 늘 아버지 눈에 안 띄게 갈무리를 해야 했다. 그 와중에도 엄마는 자식 넷을 모두 세례까지 받게 하고 가톨릭 신자로 만들었다. 엄마와 우리는 아버지 몰래 했다고 생각하지만 그건 아마도 아버지의 묵인이었을 것이다. 일요일이면 온 식구가 썰물 빠지듯 성당으로 몰려갔던 걸 아버지가 몰랐을 리 없다.

그러던 어느 날이었던가. 아버지가 정말로 묵인

할 수 없는 일이 한 가지 터졌다. 아버지의 피 같은 돈으로 서울의 사립대를 대학원까지 잘 마친 언니가 어느 날 갑자기 수녀원엘 가겠다고 선포한 것이다. 그 사건은 우리 가족 모두를 놀라게 했다. 평생 신심 하나로 살아온 엄마도 언니의 수녀원행은 말렸다. 그러니 아버지는 불을 보듯 뻔했다. 아버지에게 언니가 어떤 딸인가. 아버지에게 장녀 사랑은 다른 집보다 좀 유별났었다. 예쁜 옷과 구두는 모두 언니 차지였으며 나는 언니가 몇 번 입다가 신다가 버려둔 옷과 신발을 내 몸에 맞을 때까지 기다렸다가 물려받았다. 신발 얘기를 하니 구두에 대한 아픈 추억 하나가 떠오른다. 초등학교 1학년 때였다. 나는 같은 반 친구 한 명과 함께 학예회 때 발레를 하기로 되어 있었다. 친구는 흰 발레복과 흰 구두를, 나는 빨간 발레복과 빨간 구두를 세트로 갖춰야 했다. 아버지가 버스 회사 사장이던 그 친구는 가장 화려한 발레복과 빛나는 흰 구두를 맞춰 입고 무대에 섰다. 나는 엄마가 시장에서 망사 천을 끊어다가 손수 만든 빨간 발레복과 언니의 빨간 구두를 빌려 신고 무대에 섰다. 그런데 초등학교 5학년이던 언니의 구두는 내게 터무니없이 컸다. 엄마는 그 구두가 벗겨질까 봐 빨간 끈으로 묶어서 무대에 세웠다. 그런데 단단히 묶었어도 움직일 때마다 구두가 꺾일 듯해 나는 구두 신경을 쓰느라 발레를 제대로 하지 못했다. 언니였더라면 절대로 큰 구두를 끈으로 묶어서 무대에 올리지는 않았을 것이다.

대신 언니도 아버지의 기대를 저버리지 않았다. 언니의 성적표엔 늘 전교 1등이란 숫자가 다이아몬드처럼 빛났다. 아버지는 언니가 차별이 심한 저 험한 세상 속에서 부와 명예로 우뚝 설 것이라 철썩같이 믿으며 모든 애정을 쏟아 부었다. 그런 아버지의 딸이 아무 존재감도 없는 희생과 봉사로 점철된 수녀로 살겠다니 아버지에겐 씨도 안 먹힐 얘기였던 것이다. 아버지는 언니가 절대로 희생과 봉사의 삶을 살 수 없을 거라고 했다. 그건 아무나 할 수 있는 게 아니라고, 팔자에 있어야 한다고 했다. 나는 아버지가 성당에 대한 반발로 언니의 수녀원행을 막는다고 생각했는데 그것만은 아니었던가 보았다.

아버지는 언니가 수녀원을 생각하게 만든 화근이다 엄마, 그러니까 성당 때문이라고 생각했다. 아버지는 성당 금족령을 내렸다. 그러나 아버지의 말을 듣기에 자식들은 이미 너무 커버렸다. 성인이 되어 아버지의 울타리를 벗어난 자들의 성당행을 무슨 수로 막겠는가. 아버지도 그게 먹힐 수 없다는 걸 알았다. 아버지는 화를 삭이지 못해 집안에 있던 성당과 관련된 모든 집기들을 철저하게 발로 밟아 망가뜨렸다. 엄마가 갈무리를 했건만 아버지는 잘도 찾아냈다. 십자가가 부서지고 묵주알이 터져 사방에 흩어졌다. 성서와 성가 책은 찢겨져 휴지 조각이 되었다. 언니가 수녀원을 가겠다고 한 마디라도 더 했다가는 무슨 일이 벌어질지 몰랐다. 언니는 결국 수녀원을 포기하고 아버지가 소개한 지방대 교수를 만나 결혼을 했다. 아들 하나 딸 하나 자식도 낳았다. 그리고 적어도 겉으로 봐서는 문제없이 잘살고 있다. 때로 언니는 행복해 보이기까지 하다. 결국 아버지의 선택이 옳았다고 나는 언니를 볼 때마다 생각한다. 아버지는 그런 혜안으로 가정을 이끌어 왔다.

 나도 아버지의 말을 들었더라면 지금처럼 살고 있지는 않을 것이다. 아버지는 애초에 나를 상대로는 큰 그림을 그리지 않았다. 그냥 제 밥벌이만 하고 살 수 있으면 족하다고 생각했다. 작금에 이르러 먹고살기가 어렵다는 걸 알고 나니 제 밥벌이 한다는 것 자체가 얼마나 대단한 건지 알고도 남겠으나 그땐 몰랐다. 아버지가 나를 상대로 꾸던 소박한 꿈은 교사였다. 더도 덜도 말고 교사로만 살 수 있으면 내 인생은 성공한 거라고 믿었다. 그런데 나는 아버지의 꿈을 이뤄주고 싶지 않았다. 아버지의 꿈은 너무 소박해서 도저히 내가 들어줄 수 없다고 생각했다. 나는 아버지가 입에 침이 마르도록 권유한 교사의 길을 마다하고 유랑의 길을 택했다. 그땐 그게 잘 사는 거라고 여겼다. 내 의지대로 살아야 온전히 내 삶이라고 생각했다. 내가 교원 자격증을 포기하자 아버지는 나를 놓았다. 아버지의 그늘을 벗어나자 막막함이 찾아들었다. 유랑의 길은 절대로 녹녹지 않았다. 내가 아버지의 뜻을 거역하고 벌어들이는 돈은 터무니없이 적었다. 정년이 보장되고 노년까지 연금의 수혜를 누릴 수 있다는 것이 이 세상을 살아가는 데는 얼마나 큰 힘이 된다는 것을 그때는 몰랐다.

아버지는 치매가 오고 나서야 허물없이 나와 말을 섞었다. 정신이 온전할 때는 내가 아버지의 뜻을 저버렸다는 사실 때문에 내내 불편한 심기를 비쳤었다. 교사를 마다하고 아르바이트로 푼돈 벌이나 하는 내가 아버지는 끝내 용납이 되지 않았던 것이다.
"죄송해요, 아버지."

병자 성사를 하는 도중에 나도 모르게 이 말이 튀어나왔다. 나는 돌아온 탕자처럼 아버지의 손을 꼭 잡았다. 아버지에겐 한 번도 속 시원한 꼴을 못 보여준 자식이었다. 그런 내 마음을 읽었는지 언니가 내 어깨 위에 손을 얹었다. 그래도 언니 같은 자식이 있어 다행이었다. 언니는 아버지가 가지 말라는 수녀원도 안 가고 아버지가 점지해 준 정년이 보장되는 남편을 만나 이날 이때껏 아버지의 촉망 받는 자식 역할을 잘 해왔으니 그것만으로도 아버지는 자식 키운 보람은 느꼈을 것이다.

병자 성사를 끝낸 신부님이 마지막으로 아버지의 이마에 손을 얹으며 작별 인사를 했다. 아버지가 눈을 살짝 떴다가 다시 감았다. 이제 또 아버지의 손을 놓아야 한다. 아버지의 손을 침대에 묶어 놓고 나가야 하다.

병자 성사를 하는 동안 옆 침대의 50대 남자가 죽었다. 그는 트럭이 구르는 바람에 장이 파열되어 이 주일간 입원했었다. 그는 지켜보는 가족 하나 없이 쓸쓸하게 생을 마감했다. 나는 그의 아내를 알고 있다. 마르고 창백한 얼굴의 순한 여자였다. 아내는 이틀에 한 번 정도 오전에 면회를 왔다가 서둘러 돌아갔다. 아내는 자기가 벌어야 남편의 병원비를 댈 수 있다고 했다. 사흘 전에는 여든 살의 노인이 실려 나갔다. 점심에 국수를 먹고 집을 나서다가 쓰러진 후 의식이 없는 상태로 6일을 중환자실에 누워 있었다. 그 노인은 생전에 다복해 보였다. 입원해 있는 동안 부인과 딸이 빵과 우유로 끼니를 때우며 중환자실 밖에서 노인의 곁을 지켰으며 부고를 듣고는 전국 각지에 흩어져 있던 자식들이 한달음에 달려와 아비의 침상 옆에서 목 놓아 울었다. 그 모습이 하도 애달파 보여 병실에 있던 사람들 모두가 눈물을 찍어냈다. 남의 일 같지 않아 언니와 나도 부둥켜안고 울었다. 중환자실에서는 죽음이 일상이었다. 운 좋게 경과가 좋아져 일반 병실로 옮겨 가는 환자도 있었지만 여기서는 죽음이 한층 더 가까이 있었다.

처음으로 주검이란 걸 접했던 때가 생각난다. 초등학교 4학년 때, 할머니의 주검이었다. 학교에서 돌아오는 나를 엄마가 데리고 할머니 방으로 갔다. 가서는 병풍의 날개 두 쪽을 접고 할머니를 덮고 있던 하얀 천을 걷으며 할머니의 마지막 모습이니 잘 보아두라고 했다. 이마를 짚어보니 싸늘했다. 이게 주검이라는 거구나. 그땐 어려서 눈물도 나오지 않았다.

할머니는 1년 동안 병치레를 하다가 돌아가셨다. 할머니가 노환으로 자리보전을 하면서부터 아버지는 아예 약탕관을 끼고 살았다. 죽음으로 가는 과정이어서 회생이 어렵다는 걸 알았으나 아버지는 자식이라는 이름을 걸고 할 수 있는 건 다했다. 오리 피는 그것들 중의 하나였다.

아버지는 어디서 노환에 오리의 생피가 좋다는 얘기를 듣고는 집에 오는 길에 산 오리를 한 마리 사 가지고 왔다. 오리의 생피가 몸을 덥게 해주어 회생에는 그만한 게 없다는 것이었다. 아버지는 마당에서 놀고 있던 작은오빠에게 부엌에 가서 식칼과 사발을 가져오라고 시켜놓고 오리가 퍼드득거리지 못하게 끈으로 나리를 묶었다. 오빠가 가져오자 아버지는 산 오리를 마당에 있는 나무 의자 위에 올려놓고 모가지만 아래로 향하게끔 해놓았다. 아버지는 작은오빠에게 사발을 들고 섰다가 칼로 모가지를 내려치는 순간 사발을 잘린 모가지 밑으로 가져다 대라고 했다. 눈 깜짝할 사이에 오리의 모가지가 잘려 나가고 오빠는 얼떨결에 사발을 잘려진 모가지 밑으로 가져다 댔다. 하얀 사발 안으로 시뻘건 피가 뚝뚝 떨어져 고이기 시작했다. 그걸 보던 작은오빠가 욱 하고 구토를 하며 그만 사발을 떨어뜨리고 말았다. 피를 받던 사발이 쨍하고 깨지면서 사방으로 피가 흩어졌다. 아버지의 표정이 갑자기 험악하게 변했다. 잘린 오리의 모가지에서는 계속 피가 뚝뚝 떨어졌다. 할머니에게 먹일 특효약이 한순간에 물거품이 된 걸 본 아버지는 잡고 있던 오리를 바닥에 탁 패대기치고는 옆에 있던 싸리빗자루를 집어 들었다. 그리고는 오빠를 패기 시작했다. 오빠의 몸뚱아리가 바닥에 낭자해 있던 오리 몸통과 머리와 피와 범벅이 되어 나뒹굴면서 마당은 아수라장이 되었다. 그때 작은오빠의 나이는 겨우 열세 살이었다.

아버지는 그렇게 한참을 씩씩거리다가 그길로 대문을 나가서는 다시 산 오리 한 마리를 사 가지고 왔다. 이번에는 아버지가 직접 오리 모가지를 자르고 피를 받았다.

그 효도는 한동안 계속되었다. 아버지는 매일 그

렇게 오리를 한 마리씩 사 오는 게 번거로웠던지 아예 마당 한쪽에 우리를 치고 오리를 다량으로 사들였다. 아버지는 사료까지 사다가 먹이면서 통통하게 살이 오르면 가차 없이 모가지를 잘라 피를 받았다.

그런데 그 효도를 할머니는 매우 못 마땅해했다. 할머니는 오리 생피를 마시는 걸 무슨 독극물이라도 마시는 것처럼 못내 저어했다. 그러나 아버지는 생피를 마셔야 한다고 우겨댔다. 할머니는 아버지 등쌀에 눈을 감고 코를 막은 채 억지로 우겨넣으면서 이번이 마지막이라는 말만 토해냈다.

할머니가 오리 피를 마실 때면 엄마는 또 부엌에서 할머니 방에 군불을 지펴야 했다. 오리의 생피는 방을 덥게 해서 먹어야 효험이 있다는 아버지의 지시 때문이었다. 그런데 어떨 때는 불을 너무 때서 할머니가 깔고 있던 요의 가운데 자리가 까맣게 타 들어간 적도 있었다. 할머니는 그 더운 여름날 뜨거운 방에서 비린 오리피를 마시고는 두꺼운 솜이불을 뒤집어 쓴 채 끙끙대며 땀을 흘렸다.

그런데 이건 어린 내가 봐도 효도가 아니었다. 단지 아버지의 고집이었지 할머니를 위한 게 아니었다. 차라리 얼마간 생명을 단축하는 한이 있어도 좋

잘 가요 아버지

은 것만 먹고 좋은 것만 보다가 가는 게 백번 나았다. 할머니의 삶은 목숨이 붙어있는 한 얼마나 더 오리 피를 마시냐 마시지 않느냐였지 다른 건 없었다. 그러나 아버지를 말릴 수 있는 사람은 아무도 없었다. 아버지는 할머니가 돌아가시기 전 1년 동안 못다 한 효도를 해서 여한이 없는지는 몰라도 다른 식구들은 그 1년이 지워버리고 싶을 만큼 끔찍했다. 그러나 아버지가 했던 효도는 방법은 서툴렀는지 모르나 진심이었기에 후에라도 대놓고 뭐라고 할 수는 없었다.

이제 그 짓을 우리가 하고 있다. 오리 피 대신 양손을 침대에 묶어놓고 인공호흡기로 버티는 그 미련한 짓을. 나는 할머니의 그 끔찍했던 1년이 떠오르며 우리가 지금 아버지에게 하고 있는 것들이 최선인지 자꾸만 돌아보게 되었다. 본인이 원치 않는 거라면 싫다는 할머니에게 억지로 오리 피를 우겨넣던 것과 뭐가 다른가. 자식이라는 이름으로 우리는 너무도 당당하게 남의 인권을 침해하고 있다는 생각이 들었다.

아버지는 다복한 삶이었을까. 사흘 전에 애통해하는 자식들의 배웅을 받으며 중환자실을 나가던 노인처럼 겉으로만 보면야 다복하단 소리를 들을 수 있겠다. 오전 오후 엄마와 우리 4남매, 올케들까지도 모두 열 일을 제치고 면회를 왔으니까. 우리는 허락된 30분 동안 10분씩 쪼개어 아버지를 보고 나오느라 외줄 타기를 하는 사람처럼 매일을 조마조마한 심정으로 중환자실 앞을 서성댔다.

우리는 아버지를 보러 가면 제일 먼저 침대에 묶여 있던 팔부터 풀었다. 팔이 부어서 묶여 있던 자리가 고랑처럼 움푹 파였다. 열심히 주무르고 만져서 그 고랑을 편편하게 해놓기에 삼십 분은 너무 짧았다.

"간호사님, 한 시간만 손목 묶지 않고 아버지 옆에 있다가 가면 안 될까요?"

"안 돼요."

"삼십 분도 안 될까요?"

"안된다고 말씀 드렸잖아요. 어서 나가세요 어서."

간호사가 등을 떠밀었다.

"참, 보호자 한 분 여기다 사인해주세요."

"또요? 오늘은 뭔가요?"

"단백질 영양 주사에요. 이건 보험이 안 되는 건 아시죠?"

잘 가요 아버지

작은오빠가 사인을 했다. 어제는 피 주사에 사인을 했고 그제는 시티 촬영에 사인을 했다. 환자가 완전 봉이었다. 부모 생각하는 자식의 절박함을 이용하는 것 같아 화가 났지만 도리가 없었다. 아버지에게 지금 필요한 건 한 대의 영양 주사가 아니라 가족의 체온이었다. 한 시간 아니 삼십 분만 더 아버지 옆에 있겠다는 우리 부탁은 안 들어주면서 그들은 매일매일 자기네들의 요구사항만 들이밀었다. 뭔 놈의 병원 법이 부모 옆에 있겠다는 자식을 막는가. 그러면서 가죽만 남은 아버지에게서 피는 걸핏하면 뽑아갔다. 의사와 간호사는 그저 데이터로만 움직이는 로봇이었다. 단백질 수치가 떨어지면 단백질 주사를 놓았고 피가 모자라면 피 주사를 놓았다. 그뿐, 피 주사보다 더 중요한 게 있다는 걸 몰랐다.

아버지는 점점 나빠져 갔다. 눈도 안 뜨고 있는 날이 많아져 면회를 갔다가 눈도 못 마주치고 오는 날이 많아졌다. 그러다가 어느 날은 눈을 뜨고 깜박거리기도 하다가 또 어느 날은 말을 해도 내내 흐린 눈빛으로 천장만 바라보았다. 우리는 그렇게 하루에도 몇 번씩 지옥을 오르락내리락 했다. 그러던 중, 의사가 아버지의 상태가 좀 호전된 것 같으니 인공호흡기를 빼자고 했다. 그 말이 왠지 이젠 가망 없으니 인공호흡기를 빼고 남은 시간을 기다리자는 말처럼 들렸으나 우리는 의사 말에 따랐다. 그러나 다음 날 아버지를 보러 갔을 때 아버지는 여전히 인공호흡기를 끼고 버거워하고 있었다. 인공호흡기를 뺐다가 상태가 갑자기 나빠져 다시 끼웠다는 것이다. 인공호흡기를 빼고 끼우는 게 환자에게 얼마나 힘든 과정인지 모르지 않는데 그런 얘기를 너무나 태연하게 했다. 화가 나지만 내색할 수 없었다. 그 분풀이가 아버지에게 돌아갈까 봐 우리는 그저 쩔쩔맸다.

 아버지를 볼 때마다 눈물이 나왔다. 아버지는 무슨 말을 하고 싶어 안달 나 했다. 눈빛이 죽고 싶다고, 죽여 달라고 말하고 있었다. 양 팔을 다 묶어 놓고 인공호흡기로 버티는 이 지옥 같은 시간을 왜 끝내고 싶지 않겠는가. 그러나 죽는 것도 맘대로 되지 않았다. 저승 입구까지 갔다가 되돌아오고 갔다가 되돌아오는 짓을 벌써 몇 번이나 반복했는지 모른다. 아버지는 왜 이렇게 고통스러운 종말을 보내고 있는 걸까. 누구는 자다가 그렇게 쉽게 가기도 한다는데. 나는 왠지 아버지가 이승에서의 업을 다 풀고 가려고 지금 이렇게 고통스러운 시간을 보내고 있다는 생각이 들었다.

# 4

 몽고 여자가 왔다. 내가 연락했다. 나는 아버지 마지막 가는 길에 몽고 여자도 배웅하게 하고 싶었다. 몽고를 다녀온 후 몇 년 동안 우리는 연락이 없었다. 연락할 필요가 없었다. 며칠 전 내가 전화했을 때, 여자는 예감했다고 했다. 여자는 아버지의 부고일 거라고 생각했는데 그게 아니라서 다행이라고 했다. 나는 여자에게 차마 다녀가라는 말은 할 수 없었다. 여자는 몽고에 있으며 와봤자 아버지가 알아보지도 못할 것이기 때문이었다. 여자가 탄 비행기가 미처 한국 땅에 닿기도 전에 아버지가 돌아가실 수도 있었다. 그런데 여자가 오겠다고 했다. 여자도 자신의 사랑을 입증하고 싶었을 것이다. 그 먼 땅에서 아무런 실체도 없는 추억만으로 나머지 인생을 살아가기엔 지난 시간 들이 너무 아까웠을 것이다.

  몇 년 새 여자는 많이 늙어 있었다. 눈가에 주름이 늘고 흰머리는 셀 수 없이 많아졌다. 삶이 힘겨웠나? 그때 나는 잠깐 아버지 생각을 접고 여자 걱정을 했다. 아버지를 사랑해서 이 여자도 힘들었겠구나. 그때 몽고에서 봤던 낙타가 떠올랐다. 낙타는 누군가를 등에 태우고 아주 힘들어했다. 혼자였다면 그렇게 힘들지 않았을 것이다.

  나는 여자를 데리고 아버지를 보러 병원으로 갔다. 가족에겐 그날 하루 양해를 구했다. 나는 여자에게 면회 시간 30분을 몽땅 줄 요량이었다. 여자에게도 30분 정도의 권리는 있다. 나는 엄마에게도 솔직히 얘기했다. 몽고 여자가 왔다고. 하루만 양보해 달라고. 엄마에게 너무 잔인한 것 같아 다른 구실을 댈까도 했으나 아버지의 마지막을 거짓말로 마무리하고 싶지 않았다. 순간 엄마의 눈빛이 흔들렸으나 순순히 응해주었다.

  "아버지가 못 알아보실 거예요."

  나는 중환자실 앞에서 떨고 있는 여자에게 마음의 준비를 하도록 미리 일러주었다.

  "네…"

"눈을 감고 계실지도 몰라요."

"네…"

나는 여자를 데리고 아버지에게로 갔다. 눈을 감고 있진 않았지만 초점이 불분명했다. 이젠 누구와도 눈을 맞추지 않았다.

"아버지, 저 왔어요."

"몽고에서 손님이 오셨어요."

"아버지 보고 싶다고 멀리서 오셨어요."

아버지는 여전히 모호하다. 나는 침대에 묶인 아버지의 팔을 풀어주고 여자를 두고 나왔다.

나는 몽고 여자를 기다리면서 속초 여자에게도 연락을 해야 하는 건 아닌가 하는 생각을 잠시 했다. 몽고 여자에게만 연락하는 건 왠지 불공평한 것 같았다. 그러나 나는 속초 여자의 연락처를 모른다. 굳이 알려면 알아낼 순 있겠으나 속초 여자는 응하지 않을 것이다. 속초 여자는 이미 다른 삶을 찾은 것 같았다. 몇 년 전 아버지의 치매가 하루가 다르게 나빠지고 있을 때 언니와 아버지를 모시고 호텔 커피숍에 갔다가 속초 여자를 보았다. 그때 속초 여자는 어떤 남자와 함께였다. 속초 여자는 아버지를 보는 순간 고개를 돌렸다. 아버지도 속초 여자를 보았는지는 알 수 없다. 속초 여자는 우리가 불편한지 곧 그곳을 나갔다. 그랬던 여자가 아버지를 보러 올 리 없다.

30여 분이 지나 몽고 여자가 나왔다. 울었는지 눈자위가 젖어 있었다. 나는 여자를 데리고 중환자실 옆에 마련된 휴게 의자로 왔다. 여자가 혼자 마음을 추스를 수 있도록 나는 몇 칸 건너 앉았다. 여자는 마음이 착잡한지 한동안 꼼짝을 안 했다. 나는 자판기에서 커피를 한 잔 뽑아 여자에게 다가갔다.

"괜찮아요?"

나는 사람들이 상대방의 기분을 살펴야 할 때 왜 다들 괜찮냐고 묻는지, 그게 가끔은 애매하고 무성의하게 들려 불만이었는데 나도 그렇게 묻고 있었다. 괜찮아요?

여자가 커피를 건네받으며 고개를 끄덕였다.

"제가 괜한 짓 한 건 아닌가 모르겠어요. 안 보시는 게 좋았는데."

"아니에요. 오길 잘했어요."

여자가 커피를 한 모금 입에 댔다가 뗐다.

"이것도 함 선생님의 일부니까 볼 수 있으면 보는

게 맞다고 봐요. 다만 저렇게 고생하는 게 안타까워서. 그래서 그래요."

여자는 얘기하면서 눈시울을 적셨다. 왠지 여자를 위로해야 하는 상황 같은데 내가 여자를 위로하는 게 맞는지 모르겠다. 중환자실에서 인공호흡기를 끼고 누워 있는 사람은 내 아버지다.

"고마워요. 먼 길 마다 않고 와줘서. 아버지도 좋아하셨을 거예요."

"은수 씨는 내가 밉지 않아요?"

"그런 생각 해 본 적 없어요. 그냥 두 분을 이해해요. 그리고 아버지 인생이니까, 아버지도 그럴 수밖에 없어서 그랬을 테니까."

"이해해줘서 고마워요."

여자는 진심으로 고마워하는 얼굴이었다.

"그만 갈까요?"

내가 일어났다.

휴가철이라 강릉은 휴가객들로 북새통이었다. 5년이나 지낸 강릉이 여자에게 새삼스러울 곳도 아니고 해서 나는 바닷가를 권하지 않았다.

"어디 조용한 데로 가서 밥 먹어요."

여자도 시끄러운 걸 싫어했다.

잘 가요 아버지

"주무실 곳은 있다고 하셨죠?"

여자가 오기로 한 날짜가 휴가철이라 예약 없이 방을 잡는 건 불가능했다. 그런데 여자가 한국에 있는 동안 알고 지낸 지인의 집에서 묵기로 했다고 해서 따로 방을 예약하지 않았다.

나는 여자를 외곽의 한정식 집으로 안내했다. 이곳은 아버지와도 많이 왔던 곳이었다. 그런데 여자도 이곳을 알고 있었다. 아버지와 함께 왔을 거라는 뻔한 답이 나오자 살짝 시샘이 났다. 나는 여자가 이해가 안 되는 건 아니었으나 엄마를 생각하면 문득문득 용서가 안 되기도 했었다. 그런데 한 해 두 해 시간이 흐르면서 무뎌졌다. 연락도 그래서 했다.

여자는 청국장을 잘 먹었다. 아버지도 청국장을 좋아했다. 다 이해했다고 해놓고 매사 여자를 아버지와 연결시키는 버릇은 아직 못 고치고 있었다.

"아드님 이름이 뭐라고 했었죠?"

나는 생선 살을 뜯으며 무심하게 아들 얘기를 꺼냈다.

"바트 저릭요."

"아, 맞다. 바트 저릭. 그런데 왜 같이 안 왔어요? 같이 오면 좋았을 텐데."

나는 이름을 잊어버릴까 봐 속으로 자꾸만 바트 저릭, 바트 저릭 했다.

"지금 러시아에서 공부 중이에요."

"아, 그래요?"

나는 확인하고 싶은 게 있었으나 입이 떨어지지 않았다.

"아들이 자동차를 좋아해요. 그래서 그쪽과 관련된 공부를 해요."

"아, 그렇군요. 참, 아드님이 입이 불편해 보이던데 그거 요샌 장애도 아니에요. 수술하면 좋아져요."

나는 대화의 수위를 살짝 높였다.

"안 그래도 2년 전에 수술했어요. 사진 보여 줄까요?"

여자가 휴대폰에서 수술한 아들의 사진을 찾아서 보여주었다. 흔적이 좀 남아 있긴 하지만 수술 전과는 완전히 다른 사람이 되어 있었다.

"와, 감쪽같아요."

나는 조금 과장 섞어 얘기했다.

"진작 수술을 해줬어야 했는데 사정이 여의치 않았어요."

그 말을 하고 여자는 잠시 침묵했다. 그 사정이

잘 가요 아버지

궁금했으나 나는 묻지 않았다.

"바트 저릭은 누굴 닮았어요? 엄마 쪽인가요? 아빠 쪽인가요?"

여자는 내 물음에 금방 대답하지 못하고 잠시 생각하는 표정을 짓더니 엄마 아빠 둘 다 닮은 것 같아요,로 답했다.

나는 몽고를 다녀오고 나서 바트 저릭이 아버지를 닮았다는 데 대해 그 어떤 해답도 못 찾고 있었다. 대놓고 물어볼 수도 없었다. 막상 관련이 있다면 그 뒷감당이 더 걱정이었다. 나는 그냥 접기로 했다. 묻어둘 때 더 아름다운 것도 있으니.

"저녁 맛있었어요."

여자는 약속이 있어서 가봐야 한다고 했다. 나는 여자를 보내주었다.

사흘 후 여자가 공항이라며 전화를 했다. 한국에 있는 동안 아버지를 한 번 더 보고 가라고 했으나 여자는 괜찮다고 했다. 괜찮으면 됐다. 나는 여자가 사흘 동안 어디서 뭘 했는지 궁금했으나 묻지 않았다. 내가 여자의 인생에 개입하는 건 여기까지다. 안녕, 몽고 여자.

# 5

 저녁 면회를 마치고 병원 뜰로 나왔다. 엄마가 다리에 맥이 풀리는지 잠시 쉬었다 가자며 벤치에 앉았다. 작은오빠가 매점에 가서 아이스크림을 사 왔다. 우리는 막대에 꽂힌 하드를 빨며 오랜만에 아버지가 아닌 다른 얘기를 했다. 작은올케가 둘째 녀석의 늦잠 자는 버릇을 걱정하며 아침마다 전쟁이라는 얘기를 하자, 언니가 첫째 녀석의 부실한 소지품 관리를 탓하며 며칠 전에도 새로 사준 축구화를 잃어버리고 왔다며 한숨지었다. 우리는 아이들 얘기를 하며 잠시 아버지를 잊었다. 가족이 있다는 건 정말 다행이었다. 아버지를 혼자 감당해야 했다면 어땠을까. 아니 감당할 수나 있었을까. 나는 올케들도 고마웠다. 시부모는 시부모일 뿐이었다. 더구나 큰올케는 친정엄마가 십 년째 중풍으로 누워 있고 작은올케는 친정아버지가 말기암 투병 중이었다. 그들도 친부모의 죽음에서 멀리 있지 않았다.

아이스크림을 다 먹은 엄마가 모시 적삼 주머니에서 뭔가를 꺼냈다. 사각으로 접힌 종이 한 장이었다. 엄마는 그것을 옆에 앉아 있는 언니에게 주었다.

"이게 뭐야?"

언니가 그 종이를 받으며 뜨악해하자 엄마가 턱짓으로 펴보라는 시늉을 했다.

언니가 그 종이를 펴서 한참을 들여다보았다. 그런데 그 종이를 보고 있는 언니 표정이 심상치 않았다.

"뭔데 그래?"

내가 다가갔다. 백지에 검은 펜으로 뭔가가 뚜벅뚜벅 쓰여 있었다.

"아버지 글씬데?"

나는 언니에게서 종이를 낚아채듯 빼앗아 시선을 고정시켰다.

"언제 이런 걸 다…"

나는 가슴이 턱 막혀 아무 말도 나오지 않았다. 에이포 용지 전면엔 한 자 한 자 꾹꾹 눌러쓴 글씨로 마지막 가는 길에 대한 당부의 말이 적혀 있었다.

'나는 치매 환자입니다. 앞으로 더 심해질 것입니

다. 가족을 못 알아보는 순간이 올지도 모릅니다. 그래서 정신이 아직은 맑을 때 이 글을 씁니다. 행여 내가 마지막 가는 길에 인위적으로 생을 연장해야 하는 일이 생긴다면 그땐 그 어떤 의료 행위도 하지 말고 조용히 보내 달라고 미리 말해 둡니다. 내 부탁을 들어주길 바랍니다. 20××년 ×월 ×일 함춘익'

엄마는 아버지 방 서재에서 이 유언 같은 문서를 우연히 발견했다고 했다. 그리고 그동안 혼자 몰래 간직해왔다고 했다. 벌써 5년 전에 쓴 것이었다. 5년 전이면 이미 아버지의 치매가 어느 정도 진행이 된 후였다. 정신이 돌아왔었다 해도 문장이나 글씨체는 어눌했다. 아버지는 그때 벌써 당신의 마지막 모습을 그려보며 혹시 모를 상황에 미리 대비를 해놓고 있었던 것이다. 매사 치밀하고 깔끔했던 아버지의 성격이 여기서도 그대로 드러났다.

언니가 울먹거리자 오빠들도 와서 그 메모를 보았다. 우리 모두는 한동안 말을 잊었다.

"이제와서 이걸 왜 보여주는 건데? 어쩌자고?"

언니가 원망 섞인 소리를 퍼부어댔다.

"뭘 어쩌자는 게 아니라 너희들도 알아야 할 것

같아서. 아버지니까."

 엄마가 조곤조곤 얘기했다. 그 말의 뒤를 언니가 이어갔다.

 "설사 아버지 뜻이 그렇다 해도 지금은 아냐. 이건 아버지가 의식이 없을 때 얘기지 지금은 정신이 아주 없는 게 아니잖아."

 그때 갑자기 주변에서 와아 하는 함성이 들렸다. 달이 지구에 가려 보이지 않게 되는 개기월식이 진행 중이었다. 그 바람에 우리는 잠시 대화를 멈추고 하늘을 올려다보았다.

 "정말 달이 사라지네."

 언니가 신기한 듯 하늘을 쳐다보며 말했다.

 "곧 깜깜해지겠지?"

 "깜깜해지겠지."

 "은수야, 난 아버지가 안 계시는 상상을 하면 정말 눈앞이 캄캄해."

 그때 또다시 와아 하는 함성이 들렸다. 달이 거의 사라지고 없었다.

 "언니는 상상할 수 있어? 죽음 속으로 걸어 들어가는 기분 말야."

 "그래, 우린 누구나 다 죽지만 치매로 하루하루

망가져 가는 자신을 보는 건 정말 지옥이었을 거야. 아…"

언니가 머리카락을 쥐어뜯으며 머리를 흔들었다.

"아버지 말야, 저대로 계속 두는 게 잘하는 걸까?"

나는 거의 사라지고 없는 달을 보며 말했다.

"다른 방법이 없잖아?"

언니가 답답한 듯 내뱉었다.

"아버지가 원하는 건 우리와 함께 있는 거잖아. 근데 가족들 얼굴도 못 보고 저게 뭐하는 거냐고."

"인공호흡기만 빼도 일반 병실로 옮기자고 말이나 해보겠는데."

어느새 옆에 온 큰오빠가 한마디 거들었다.

"침대에 묶어둔 손이나 풀었으면 좋겠어. 아니 호흡기고 주사 바늘이고 다 뽑아버리고 잠깐이라도 홀가분하게 해드리고 싶어. 단 하루밖에 못 사신다고 해도 말야."

내 말에 아무도 대꾸하지 않았다. 대답 대신 작은오빠가 먼저 일어나 자기 자동차로 갔다. 그 뒤를 이어 큰오빠와 언니도 일어나 주차장으로 갔다. 선택의 여지가 없는 물음에 답하는 것도 지쳤다. 아직 우리는 아무도 아버지의 부탁을 들어줄 의사가 없었다. 아직 1프로의 희망이 있는데 아버지의 생을 여기서 끝낸다는 건 말도 되지 않았다. 나는 엄마의 손을 잡고 큰오빠의 뒤를 따라갔다. 가다가 달이 있던 자리를 쳐다보았다. 달은 완전히 사라지고 없었다.

# 6

 오전 면회를 갔을 때 아버지는 말끔한 자세로 침대에서 일어나 앉아 있었다. 눈빛도 맑았다. 엄마가 무슨 얘기를 하면 알아듣고 그러는 건지 그냥 그러는 건지 고개를 끄덕이며 반응도 보였다. 가족을 향해 내뿜던 원망의 눈빛도 사라졌다. 중환자실에 오고 나서 이런 일은 처음이었다.
 아버지의 상태가 좋아지자 의사는 경과를 조금만 더 지켜보다가 일반 병실로 옮기자고 했다. 우리 가족은 모두 얼싸안고 좋아하며 일반 병실로 옮기는데 동의했다. 아버지에게 남은 날이 얼마인지는 모르겠지만 중환자실에서 이렇게 가게 하는 건 옳지 않다는 판단을 내렸다. 중환자실을 나와 하루를 살다가 가더라도 온전하게 가족의 품에서 지내다가 가게하고 싶었다. 이런 날이 오는구나. 엄마가 눈물을 흘렸다. 이게 끝은 아니었어. 큰오빠도 울먹였다. 이제 아버지의 손을 딱딱한 침대에 묶어두지 않고 체온이 도는 따뜻한 손으로 어루만질 수 있게 되었다.

나는 아버지가 좋아지는 걸 보면서 조금은 가벼워진 마음으로 서울행 기차를 탔다. 내가 없어도 아버지 옆을 지켜주는 가족이 있다는 게 다행이었다. 기차에 오르며 현석을 생각했으나 연락하지 않았다. 내 집에서 라면을 먹고 지방 촬영을 다녀온 후 현석은 두어 번 문자를 보내왔으나 나는 답하지 않았다. 내가 답이 없자 현석도 더 이상 연락을 하지 않았다. 현석은 그렇게 지나간 남자가 되었다.

나는 혼자 있는 서울 집에서 고요를 만끽하며 새벽에 겨우 선잠이 들었다. 그러나 그 고요는 오래가지 않았다. 나는 거실에서 울리는 전화벨 소리에 깼다. 집 전화기가 울릴 때는 주로 엄마거나 가족이었다. 나는 어제 상경했고 아버지가 어느 정도 호전된 걸 보고 왔기에 조금 의아한 기분으로 전화를 받았다.

"일어났나?"

오빠였다. 왠지 느낌이 좋지 않다. 좋은 소식이라면 엄마나 언니가 벌써 했을 것이다. 오빠라면 애기가 달라진다. 오빠는 그런 전화를 하지 않는다. 슬픈 예감은 늘 적중했다.

"아버지 돌아가셨다. 7시 45분에."

오빠는 그 말만 하고 전화를 끊었다. 뭔가 설명이 필요한 순간이었으나 그냥 잘됐다. 감전된 듯 아뜩했다. 부모의 사망 통보란 이런 것이구나. 이렇듯 어처구니없는. 아버지가 어제 반짝 기운을 차렸던 건 돌아가시기 전 가족들에게 준 마지막 선물이었던 거였다.

강릉을 갈 일이 걱정이었다. 휴가 피크 기간인데다가 주말이었다. 터미널에 가봐야 차표가 없을 게 뻔했다. 아니나 다를까, 터미널은 휴가를 떠나려는 사람들로 북적댔다. 대체 이 사람들은 왜 모두들 어디로 가지 못해서 안달인 걸까. 지금 있는 곳이 그토록 불안한가. 여행을 하지 않으면, 뭔가를 하지 않으면 안 된다고 생각하는 사람들 때문에 터미널은 늘 복잡했다. 나는 여행을 별로 즐기지 않았다. 지금 여기, 내가 있는 곳도 괜찮았다. 게을러서, 돈이 없어서 못 떠나는 자의 변명이겠지만.

예상대로 차표는 없었다. KTX는 당연히 매진이라 터미널로 왔던 건데 이곳도 사정은 마찬가지였다.

잘 가요 아버지

원주를 경유해서 가는 차편도 동이 났다. 매표소 앞을 서성대다가 마침 차표를 물리는 사람이 있어 어렵게 오후 차표를 구해놓고 언니에게 전화를 걸었다. 경황이 없을 걸 생각하면 전화도 하지 말아야 했으나 나는 그냥 있는 시간이 견딜 수 없이 초조했다.

"어제 많이 좋아졌었잖아. 일반 병실로 옮긴다고 해놓고 왜?"

나는 언니를 향해 원망을 퍼부어댔다.

"차표는 끊었니?"

"어."

"밀릴 텐데."

언니는 그 말만 하고 끊었다. 나도 더 묻지 않았다. 죽음은 예견되어 있던 것이었다. 그게 오늘이라서 갑작스러운 것뿐이다.

나는 대합실의 빈자리를 찾아가 앉았다. 차표를 끊어놓고 나니 그제서야 약간의 안도감과 허기가 몰려왔다. 버스를 타려면 아직 두 시간도 더 남았다. 나는 식당을 찾아 들어갔다. 끼니를 거르면 어지러웠다. 최근 들어 생긴 현상이다. 나는 우동 한 그릇을 시켜 우걱우걱 면발을 집어삼켰다. 적어도 아버지가 돌아가신 오늘 하루만큼은 식음을 전폐하고 애통함에 젖어있어야 하는 건데 우동은 잘도 넘어갔다. 누가 보면 몇 시간 전에 아버지의 부음을 접한 사람이라고는 전혀 생각지 못할 것이다. 삶과 죽음의 경계는 이렇듯 뚜렷했다. 산 자는 언제든 말간 얼굴로 일상을 이어갈 수 있었다. 죽은 자는 죽은 자고 산 자는 먹어야 한다고 끊임없이 지시가 떨어졌다. 언제든 치고 올라올 슬픔에 대비하기 위해서는 먹어둬야 한다고, 상제라는 내 역할에 충실하기 위해서는 먹어야 한다고, 그게 산 자의 의무라고, 나는 우동 한 그릇에 참 많은 면죄부를 주며 식당을 나왔다.

버스가 출발했다. 이제부턴 아버지 없는 세상을 살아야 한다는 얘긴데 그게 어떤 건지 아직은 알 수 없었다. 차창 밖으로 익숙한 풍경들이 지나갔다. 슬픔도 곧 지나갈 것이다.

# 7

 영정사진 속에서 아버지는 웃고 있었다. 시원한 눈매에 깎아놓은 듯한 반듯한 콧날이 유독 돋보였다. 아버지는 이 사진이 맘에 들었나 보았다. 영정사진은 아버지가 생전에 손수 마련해 놓은 것이었다. 치매가 오기 훨씬 이전 모습이라 현실감이 떨어졌으나 우리는 아버지의 선택을 존중해 주었다. 영정사진까지 손수 점찍어 놓은 걸 보면 마지막도 아름답게 마무리하고 싶었던 갈망이 얼마나 컸던가 알 수 있지만 아버지의 마지막은 아름답지 않았다. 잔혹하고 끔찍했다. 치매가 불러온 결과물이었다. 그러나 자식들의 손으로 산소 호흡기를 빼게 하는 일은 없이 혼자서 가셨다. 그런 분이다. 아버지는.

 영정사진 아래 위패에 새겨진 교수 함춘익이란 글자가 또렷하게 눈에 들어왔다. 아버지는 이 이름을 사랑했다. 아버지의 이름은 늘 열려 있었으며 교수 함춘익이라는 이름으로 누릴 수 있는 모든 걸 누리다가 갔다. 아버지는 평생 일구어놓은 그 많은 것들을 어떻게 버리고 갔을까? 그것들을 놓지 못해 마지막을 그렇게 힘들게 버틴 걸까? 나는 왠지 아버지의 몸에 연결되어 있던 그 많던 줄들이 이승에서 움켜쥐고 있던 연줄로 여겨졌다.

입관 전에 우리는 아버지를 한 번 더 보았다. 피가 돌지 않는 아버지의 얼굴은 조각품 같았다. 아버지의 얼굴에서는 그 무엇도 읽히지 않았다. 삶이 지난했는지 영화로웠는지 얼굴만 보고는 알 수 없었다. 단지 편안해졌기를 바랄 뿐이다.

성당 사람들이 와서 염습을 하고 입관을 했다. 쾅. 관 뚜껑이 닫히면서 아버지는 영원히 만질 수 없는 곳으로 갔다.

# 8

 아버지는 1년 중 가장 더운 날, 8월 초순에 돌아가셨다. 멀리 떨어져 살더라도 1년에 한 번은 아버지를 보러 오라고 휴가 기간으로 기일을 잡아주고 떠났다. 아버지를 태운 운구 차량이 화장터로 가기 위해 장례식장을 나섰다. 화장터로 가기 전에 아버지는 잠시 아버지의 집에 들렀다. 아버지가 그토록 돌아가고 싶어 했던 아버지의 집은 이젠 흔적도 없이 사라지고 주차장으로 변한 그 자리엔 자동차 몇 대만이 지글거리는 태양 아래 서 있었다. 아버지의 영정 사진을 든 장조카가 집이 있던 자리를 한 바퀴 돌았다. 무의미했다.

 운구 차량이 다시 화장터로 향했다. 화장터로 가는 길에 누가 그랬다. 망자의 나이 여든 아홉이면 살만큼 살고 간 거라고, 그러니 호상이라고 했다.

호상이라는 말에 언니의 곡소리가 더 커졌다. 제 부모에 관한 한 호상은 없다. 백 살에 간들 애달프지 않을까.

아버지가 있는 관이 화구 속으로 들어가고 화장장의 화부가 그곳에 불을 붙였다. 확, 불길이 치솟는 순간 언니가 뒤로 넘어갔다. 장례 절차는 잔인했다. 그 모든 과정을 가족들이 보는 데서 했다.

두 시간쯤 지나 화구의 문이 열렸다. 뼈와 재만 남은 아버지가 나왔다. 화부는 그 유골들을 수습해서 분쇄기에 넣고 갈았다. 그르륵, 뼈를 가는 소리가 바깥으로 그대로 들렸다. 한 줌 재란 말이 실감 났다.

잠시 후 조그만 항아리에 담긴 아버지가 우리 손에 넘겨졌다. 따뜻했다.

# 9

 아버지는 바다가 바라보이는 공원묘지에 묻혔다. 살아서 머물렀던 집엔 그리도 애착이 강했던 분이 죽어서 돌아갈 집엔 관심조차 없었다. 엄마는 아버지를 묻고 나오며 관리해주는 사람이 있는 공원묘지가 더 낫다며 한숨지었다. 산소를 돌보는 일은 지금 대에서나 가능할 것이었다.

 아버지를 보내고 집에 오니 아버지의 소지품이 늘 있던 그 자리에서 우리를 맞았다. 닳아서 속살이 보이는 가죽 지갑과 탁한 돋보기, 소매 끝이 헤어진 스프링코트와 양말. 아버지의 물건은 왜 그런지 모두 낡았다. 나는 아버지 돈으로 먹고 입고 쓰면서 반듯한 지갑 하나 사드리지 못했다. 돋보기 알은 언제 닦아드렸는지 기억도 나지 않는다. 침대 위에 아무렇게나 벗어놓은 아버지의 물 낡은 남방과 무릎

나온 추리닝이 억눌려있던 슬픔을 다시 끄집어냈다. 장례식 내내 눈물을 보이지 않던 작은오빠가 아버지의 남방을 끌어안고 방 한쪽 구석에서 오열했다. 작은오빠의 눈물은 언니의 눈물을 볼 때와는 좀 달랐다. 나는 오빠가 맘 놓고 울 수 있도록 자리를 피해 주었다.

방을 나오니 아버지 없는 거실이 휑뎅그렁하게 커 보였다. 지쳤는지 엄마는 소파에 쭈그리고 누워 있다. 큰오빠와 올케는 2층으로 올라가고 언니는 어디 갔는지 보이지 않는다. 아마 모두 각자의 방식으로 슬픔을 삭이고 있을 것이다.

나는 현관문을 열고 나왔다. 아버지가 회양목에 물을 주고 있다.

"아버지…!"

내가 부르자 아버지가 돌아보고 웃는다.

잘 가요 아버지. 내겐 너무 특별했던 당신.

**작가의 말**

아버지가 돌아가신 지 10년이 넘었다. 무뎌질 때도 됐는데 아버지의 마지막 모습만 생각하면 아직도 울컥해진다. 아버지의 자식으로 살 때는 아버지 등에 빨대를 꽂아 받는 수혜가 너무나 당연하다 여겼으나 정작 아버지가 자식의 보호를 받아야 할 때는 당연한 게 하나도 없었다. 이 소설은 그런 불공정한 거래에 대한 반성에서 비롯되었다. 소설 한 편 헌정하면 그 면구스러움이 상쇄될까 싶었으나 써놓고 보니 오히려 더 누가 된 건 아닌가 염려스럽다.

소설을 쓰는 내내 나는 한 가지 걱정을 하였다. 아버지 얘기를 아버지 허락도 없이 써도 되나. 소설이라지만, 세상에 아버지는 단 한 분, 어떻게 써도 그 영광과 오욕은 오롯이 아버지 혼자 감당해야 할 것이다. 더구나 아버지는 이 세상에 안 계시니 검증도 변명도 할 수 없다. 이제 와서 아버지를 기억하는 건 고약을 발라 다 아문 상처를 다시 헤집는 것이었으나 아버지 얘기는 내가 작가가 된 이상 쓰고 죽어야 할 숙제 같은 것이 되어 있었다. 지금이 그 시기인지는 잘 모르겠으나 나도 자꾸만 나이를 먹어간다. 기억이 희미해지면 쓰고 싶어도 못 쓸 것이다. 그리움이 남아 있을 때 붙잡아 놓아야 한다.

아버지 얘기를 하느라 부득불 조연으로 함께 해야 했던 가족들, 이번에는 불가피했음을 이해 바란다.

이 소설이 세상에 나오도록 마중물이 되어준 강원문화재단과 잘 맞는 옷을 입혀주신 실천문학 윤한룡 대표님, 그리고 그 옷에 날개를 달아주신 이순원 선생님께 감사드린다. 이 모든 인연에 아버지의 손길이 느껴진다.

2025년 여름
황 혜 년

실천문학 소설
# 잘 가요 아버지

2025년 07월 15일 1판 1쇄 찍음
2025년 07월 30일 1판 1쇄 펴냄

| | |
|---|---|
| 지은이 | 황혜련 |
| 펴낸이·편집장 | 윤한룡 |
| 디자인 | 윤려하 |
| 관리·영업 | 이소연 |
| 홍보 | 고 우 |

| | |
|---|---|
| 펴낸곳 | (주)실천문학 |
| 등록 | 10-1221호(1995.10.26) |
| 주소 | 경기도 남양주시 퇴계원읍 퇴계원로 52 405호 |
| 전화 | 02-322-2161~3 |
| 팩스 | 02-322-2166 |
| 홈페이지 | www.silcheon.com |

ⓒ 황혜련, 2025
ISBN 978-89-392-3170-2 03810

**강원특별자치도 강원문화재단**
이 책은 강원특별자치도, 강원문화재단 후원으로 발간되었습니다.

이 책 내용의 전부 또는 일부를 재사용하려면 반드시 지은이와
실천문학 양측의 동의를 받아야 합니다.